初夜まで戻って抱かれたい
時戻り妻は冷徹将軍の最愛でした

ちろりん

✦

Illustration
氷堂れん

初夜まで戻って抱かれたい
時戻り妻は冷徹将軍の最愛でした

contents

第一章

『貴女を俺を含む全てから守りたかった。そう思いあの夜に逃げてしまったことを、今でも後悔している。けれど、守りたいという気持ちは今でも変わらない』


何かが頭の中で弾けて、目の前が真っ白になる。

思わず目を閉じ、襲ってくる酩酊《めいてい》感に堪えていた。

どのくらい経《た》っただろうか。

くらくらとした余韻がなかなか引かず、目を開けられない。

ようやくそれがなくなった頃、後ろから声をかけられた。

「ロージーお嬢様？　大丈夫ですか？　お嬢様？」

（……え？　お嬢様？）

どうして今さらそんな風に呼ぶのだろうと心の中で首を傾《かし》げた。

結婚してからというもの、周りの人間は皆ロージーを『奥様』と呼ぶ。『お嬢様』なんて一年ぶりだ。

妻としての役割を何も果たしていない自分が『奥様』と使用人たちから呼ばれることに重苦しさを

感じていたが、『お嬢様』と昔の呼び方で呼ばれたらそれはそれでしっくりこなくて驚いてしまった。

それにこの声。

「……メアリー？」

目を開けると、お別れしたはずの使用人が心配そうにこちらを覗《のぞ》き込んでいる。

どうして彼女がここにいるのか分からなくて、ロージーはうろたえた。

「貴女……どうしてここに……」

「どうしてって、ずっとお側《そば》におりましたでしょう？　なんですか？　私への意地悪ですか？」

意地悪などではなく、本当にメアリーがここにいる理由が分からなくて混乱している。

彼女は少し前に結婚が決まり、侍女を辞めて故郷に帰ったはずだ。

だからここにいるはずがないのにと、信じられない気持ちでメアリーを見つめた。

「なんて、お嬢様がそんな意地悪をされる方でないことぐらい分かっていますよ。あ！　もしかして、緊張を解そうとして冗談を言っているとかです？　お嬢様でもそんな冗談をおっしゃるのですね。でも、緊張するなって方が無理ですよね。――今日は結婚式ですもの」

「……結婚、式？」

それはもう一年前に済んでいるわ、と言おうとしたとき、不意に視界の端に鏡に映った自分の姿が見えた。

（……ウェディングドレス）

純白の花嫁衣裳《いしょう》にヴェール、綺麗《きれい》に結い上げられたブルネットの髪の毛。化粧を施され、いつもより派手になった顔。

ぎょっとして息を呑《の》んだ。

「……どういうことなの」

呆然《ぼうぜん》として、鏡に映る自分の顔を指でなぞった。

「ね、ねぇ、メアリー……結婚式ってもしかして私の……？」

「もちろんですよ。ロージーお嬢様とシヴァ様の結婚式に決まっているじゃないですか」

――シヴァ様。

その名前を聞いて、ぶわりと自分の中で熱いものが溢《あふ》れるのが分かった。

（まさか、本当に……そんなことが？）

信じがたいと思いながらも、本当に『そんなこと』が起きていると信じるに足るものが、いくつかあった。

メアリーの存在、肩口まで切ったはずの髪の毛が背中の真ん中まで伸びていること。

（――時間が、戻っている）

この状況はそう考えざるを得なかった。

いや、だがこんな奇跡のようなことを簡単に信じてもいいのだろうか。あまりにも楽観的だし夢想家と笑われても仕方がない考えだ。

それでも目を開ける直前、自分は全く違う状況にいたことは覚えている。

打ちひしがれて絶望して、一縷《いちる》の望みをかけて願いが叶《かな》うと言われる石に願いを込めていた。こんなことをしても無駄だと思いながら。

そうしたら本当に時が戻っていたのだ。

他の人が聞けば、馬鹿なことをとロージーを笑うだろう。

だが、安易に嘘《うそ》だとも本当だとも思いたくもない。まずは状況をたしかめなければ。

ロージーは深呼吸をして、どうにか膨らみそうになる期待を宥《なだ》めた。

「……ねぇ、式はもうすぐかしら」

「はい。先ほどロージー様の準備が済んだとお伝えしたので、もう少しで呼ばれると思いますよ。楽しみですね、お嬢様。きっとシヴァ将軍も首を長くして待っていることでしょう」

「ええ……本当に楽しみだわ……」

口ではそう言いながらも、寂しそうに笑う。

シヴァ・グライスナー。

マガト帝国の将軍であり、ロージーの夫。そしてこれから結婚する人。

記憶では、神の前で永遠の愛を誓い夫婦となるも初夜をともにすることなく翌日の朝にはシヴァは屋敷から出て行った。

ロージーは領地でシヴァは王都の屋敷に住み、顔を合わせることもなく彼が死ぬまで手紙のやりとりもない。

政略結婚で、愛も情もない夫婦。

真っ白でまっさらで、きっと夫婦の歴史を本にするのであれば、一ページも埋まらない、そんな空白の夫婦生活。

これからロージーはそんな日々を送ることになる。

そんなことも知らず花嫁衣裳を身にまといバージンロードへ向かった日に、どうやら戻ってきてしまったようだ。


ロージーがシヴァと結婚するに至ったのは、一言でいえば彼に将軍の地位に見合うような家柄と縁続きにさせるためだ。

シヴァは随分と前に爵位に見合う継承者がおらず、子爵位を返上したグライスナー家の子孫である。

貴族の血を引いているが身分は平民という微妙な立場の彼だが、軍に入り剣の腕ひとつでのし上がった猛者《もさ》だった。

没落貴族のなれの果てと最初の頃は皆笑っていたが、彼が剣を振るうたびに嘲笑は消え去り、それが称賛の声に変わるのはあっという間だったと聞いている。

訓練でも実戦でも一度も負けたことがない。

十人がかりで襲われても、かすり傷ひとつ負わずに勝った。

戦争では先陣を任され、孤軍奮闘し国に勝利をもたらした立て役者だ。

彼の英雄譚《たん》は次から次へと舞い込んできた。

戦争が激化していたこともあったからだろう。

常に勝利を収め、戦争の終息に向かってひた走るシヴァはまさに英雄。

終戦時には彼の身分の低さを理由に批判する人間はいなくなり、彼こそが次期将軍にふさわしいと称賛していた。

その期待に後押しされるように将軍の地位についたシヴァだったが、ここで評判で払拭したと思われていた彼の平民という身分が壁になる。

将軍職に就くにはあまりにも若い。

それを補う地位もない。

果たして人気だけで務まるのかと論じられ、皇帝はついにシヴァにグライスナーの爵位を改めて伯爵位として与え、さらに身分の高い女性との結婚を命じる。

ここで白羽の矢が立ったのがロージーだった。

ゲープハルト侯爵家の長女。

婚約者はおらず、悪い噂《うわさ》はないが逆にいい噂もない、平凡な地味な令嬢。

いずれは誰かの妻として嫁ぐことを期待されていたが、残念ながら社交界に出てもなかなかその相手が見つからないために、両親の悩みの種だった娘でもある。

そのため、シヴァとの結婚は願ってもないことだった。

だが、それはゲープハルト家にとっては、だ。

当のロージーと言えば、シヴァとの結婚を知らされたとき青褪《あおざ》めた。

「……ど、どうして、私なんかがシヴァ将軍と……」

あんな人気者で不死身と謳《うた》われる恐ろしい人と、地味で目立たず何も取り柄がない自分が夫婦になるのかと、卒倒しそうになった。

残念ながらロージーにはその器はない。

他の女性たちよりも背が低く、童顔。

よく言えば小動物のように可愛《かわい》らしい、悪く言えば子どもっぽい。そう評されるロージーは、昔から自分に自信がなかった。

社交界に出るとその自信はさらに削《そ》がれる。

周りは年相応の美しさを持ち、大人びた令嬢ばかり。それに比べて自分はなんて子どもっぽいのだろうと、落ち込んだ回数はもう数えきれない。

侯爵家と縁続きになりたいと願う紳士から誘いは来るが、そういう人たちはロージーの家に興味があってもロージー自身には興味がない。

だから、無理して話を続けようとしている男性たちを見ていると、申し訳なくなった。

徐々に社交界から足が遠のき、いつか結婚相手を見つけなければ、いつか、いつか……と思っているうちに今回の縁談が飛び込んできたのだ。

しかも絶対に断ることができない縁談だ。

さらに、シヴァが結婚相手と聞いて躊躇《ちゅうちょ》したのにはもうひとつ理由があった。

（シヴァ将軍は、前将軍のご令嬢ルイーザ様と懇意にしていると聞いたけれど……）

てっきりそのふたりが結婚するものだと思っていたので、今回のロージーとの婚約はまさに青天《せいてん》の霹靂《へきれき》というものだった。

どうしよう……とおろおろしながら過ごし、あっという間にシヴァとの顔合わせの日になる。

彼はロージーを見た瞬間、赤い瞳を鋭くし、怖い顔で睨《にら》みつけてきた。

（嫌われている……）

そう感じたロージーはシヴァの怒気に怯《おび》え、顔合わせだというのに震えてまともに話せずにその日を終えてしまった。

きっと彼はルイーザとの結婚を望んでいたのだろう。

それなのに、ロージーが邪魔《じゃま》をしてしまった。

シヴァにとって自分は疎ましい存在に違いない。

そう感じてしまい、シヴァと夫婦になることに気後れしてしまったのだ。

（こんな私が結婚相手で申し訳ございません……シヴァ様……）

怒れる夫と、怯えと罪悪感を持つ妻。こんなふたりが夫婦になったところで上手《うま》くいくはずがない。

結婚式を終えたあと、ロージーはシヴァに言われたのだ。

「俺と初夜を迎える気があるなら寝室に来るといい。その気がなければ自分の部屋で休め。決定権は貴女にある」

凄《すご》みの利いた顔で睨まれ、選択を迫られた。

初夜を迎えるのが当然だと思っていたロージーにとって、この言葉は驚きしかなかった。

選択権を与えたのはシヴァなりの優しさなのかもしれない。けれども、選べと言われるくらいなら、拒絶された方がマシだった。

正直、嫌がっている人のもとに抱かれに行くのは気が進まない。

できることなら今日のところは遠慮して、もう少しシヴァを知ってからにしたい。

一方で、初夜をともに迎えないというのは体裁が悪いのではないかという危惧も拭えなかった。

でも、誰が初夜を迎えたかどうかを知るのだろう。

使用人に口止めをしておけば、外に漏れることはない。

それにシヴァがわざわざそう言ってきたということは、初夜を迎えなくても構わないと思っているからではないか。

（……なら、無理にでも私が行く必要ないわよね）

もし、シヴァがルイーザに気持ちがあって、いつか彼女のもとに戻るつもりなのであれば、下手に深いかかわりを持たないほうがいい。

シヴァを好いたとしてもルイーザに勝てるわけがない。彼は彼女を選ぶだろう。

そうなったら、入れ込めば入れ込むだけ惨めなロージーが残るだけだ。

会うたびに睨まれ、冷たくされ、つれない夫。

彼の心に入り込む自信が、ロージーにはなかった。

——結局、ロージーは初夜を自分の部屋で過ごした。

二度とシヴァに会わなくなると知らずに。

翌朝、起きるとシヴァはもう屋敷にいなかった。

王都に向かって出立したと言うのだ。

家令に「ここで好きに過ごすといい」とロージー宛のことづてだけを残し、挨拶もなく彼は行ってしまった。

それが夫とのたったひとつの思い出。

苦しくなるほどに後悔しか残らない、そんな思い出だった。

あのときの選択を今なお後悔している。

(きっと、一年前に時が戻ったのは、二度と同じ後悔をしないようにという思し召《おぼめ》しに違いないわ)

もし……もしも、教会のバージンロードの先に待つのが本当にシヴァならば、初夜をやり直したい。

逃げるのではなく真正面から向き合って、シヴァという人を知っていきたい。

彼が何を考えて、ふたりの仲をどうしていきたいのか話し合うのだ。

二度と後悔をしないように全力でぶつかって、空白を埋めていく。

「ロージーお嬢様、お時間です」

さぁ、行こう。ここからが勝負だ。

ロージーは自分にそう言い聞かせて立ち上がった。


シヴァが先の戦争の功績で褒美として与えられたバティリオーレ領は、田舎でありながらも人が住むようになってから長いために歴史がある。

領地内にある教会はこの国で一番古い建物で歴史がある分、厳かな雰囲気を持っていた。

そこにロージーの親族と、バージンロードを挟んでシヴァの軍の仲間が座っている。

一度目の結婚式のときはその光景に圧倒され、オドオドしていた。

無数の視線を浴びて針の筵《むしろ》の上に立つような気分に陥り、こんなに立派な結婚式にしなくてもよかったのにと恐縮しきりだった。

それでも笑顔でいようと試みていたが、おそらく引《ひ》き攣《つ》ったものになっていただろう。

シヴァもそんなロージーを見て、面白くなさそうな顔をしていたのを覚えている。

でも、今回は違う。

開かれるのを今か今かと待っている扉の前に佇《たたず》み、大きく深呼吸をする。

すると、軋《きし》む音を立てながら扉が開かれ、目の前に天鵞絨《ビロード》の絨毯《じゅうたん》が敷かれたバージンロードと祭壇が見えた。

――そして、その前にはこちらに視線を向ける、正装したシヴァの姿が。

（……私、本当に一年前に戻ってきたのね）

彼の顔を見てようやく実感を得ることができた。

一度目にしたら、視線を外すことができない。

彼はこんな顔をしていただろうか。懐かしい気持ちでシヴァを見つめ続けた。

短い銀色の髪の毛に、赤い瞳。スッと筋が通った高い鼻梁《びりょう》、少し厚めの唇。軍人なのに不死身のふたつ名にふさわしく傷が見当たらない、凛々《りり》しくも美しい顔。

最後の記憶と寸分たがわぬ顔のはずなのに、どうしてか違って見える。

記憶が風化してしまったのか、それともロージーの心持ちが違っているからだろうか。

時が戻る前、どうしてもあの初夜をやり直したいと願いが叶う石に縋《すが》ったとき、頭に浮かんでいたのはずっとこの顔だった。

またこの目にするときがやってくるなんて。

徐々に近づいてくるシヴァに向けて、ロージーは笑みを浮かべた。

祭壇の前で隣に並んでも、やはり目を離すことができなくてじぃっと彼の横顔を見つめていた。

その視線に気づいたシヴァは、横目でぎろりと睨みつけてくる。

そんな彼に、ロージーは思わず満面の笑みを向けてしまった。

「……っ」

すると、シヴァは息を呑み眉根を寄せる。

動揺した素振りを見せてきたが、すぐに視線を前に向け祭壇を見つめていた。

結婚式はつつがなく進み、誓いのキスを交わすように司祭に言われる。

二度目だがやはり胸は高鳴り、照れくささが取れなかった。

軽く触れるだけのキスは、あっという間に終わってしまう。

一度目のときはあんなに長く感じたのに、と不思議な感覚に陥った。

伏し目がちになると見える睫毛《まつげ》は意外に長いとか、唇が柔らかかったとか、肩に置かれた手が熱かったとか、ずっと気付けなかったことが二回目の今になって鮮明に記憶の中に刻まれていく。

――貴方《あなた》を知りたい。

そう思う気持ちは、ロージーをどこまでも貪欲にしていった。

式は穏やかに終わり、ロージーはもう一度シヴァの妻となった。

これまで一度目と同じ通りに進んでいる。

(ここからが勝負よ)

教会を出れば、シヴァの屋敷で宴が開かれる予定だ。

ロージーは少しだけそれに顔を出し、早めに退出して初夜の準備に取り掛かる手はずになっていた。

そのとき、シヴァが部屋まで送り届けてくれるのだが、別れ際にあのセリフを言われるのだ。

「俺と初夜を迎える気があるなら寝室に来るといい。その気がなければ自分の部屋で休め。決定権は貴女にある」

冷ややかな目を向けて、心臓が震えるほど低く恐ろしい声で。

ここだ、とロージーは一度目とは違う意味で心が震えた。

ここで答えを間違えてはいけない。

二度と後悔するような道を選んではいけないのだと自分に言い聞かせ、その決意のままにシヴァに食いつくように、小さな身体を精一杯背伸びして顔を近づけた。

「行きます！　ちゃんと行きますので待っていてください！」

怖気《おじけ》づいて、先送りになんてしない。

今度こそシヴァと向き合うのだと、自分自身と彼に向けて決意を口にした。

すると、シヴァは面を食らった顔をして瞬いている。

もしかするとロージーがこんなことを言うと思っていなかったのかもしれない。

それはロージー自身もそうだ。

まさか、こんなに拳に力を入れて『ちゃんと抱かれに行きます』と宣言する日が来るとは思わなかった。

「……わ、分かった。なら……寝室で待っている」

「待っていてください。必ず行きますので」

シヴァと言葉を交わしたのは数えるほどしかないが、それでも彼にしては歯切れが悪いと感じてしまう返事に少し不安を覚えながら部屋に入った。

（……き、緊張した）

ひとりになった途端に腰が砕けそうになった。

シヴァの前では平気な素振りを見せたが、あれは精一杯の強がりだ。そんなに怯えているのであれば無理に来なくてもいいと言われないように頑張ったのだ。

きっとこの手の震えはその反動なのだろう。

けれども、一歩踏み出せたことに安堵《あんど》していた。

悲惨とも言えない、あまりにも空っぽだった夫婦生活。

それを最初から突き崩し、空白をつくらないようにこれから奮闘しようとしているところだ。

よく言うだろう。最初が肝心だと。

だから、怖気づかずにしっかりと「行きます」と言えた自分を褒めたかった。

（私もやるときはやるのね）

消極的で、何をするにしても自信がなかった自分が徐々に薄くなっていく。そんな感じがして嬉《うれ》しくなる。

「奥様、湯あみの準備ができております」

浴室から出てきたメアリーが、さぁ、花嫁衣裳を脱いで身体を清めましょうと言ってきた。

緊張のあまり汗ばんでしまったので、身体を清められるのは嬉しい。

ぜひ、とパッと顔を明るくしてお願いをすると、丁寧な手つきでドレスを脱がされていく。

浴室で身体から髪の毛の先に至るまでじっくりと綺麗にしてもらい、上がったあとはオリエンタルな香りが心地いい香油を塗ってもらった。

メアリーの手が胸にまで及び、ロージーは思わずギョッとする。

「……こ、こんなところまで？」

「もちろんです。初夜はお身体のすべてをお見せして、旦那様にくまなく愛していただきます。ですから、触れられる可能性のある部分は、しっかりとお手入れしませんと」

当然のように言われて、ロージーはそうなのかと一応納得した。

一度目のときは初夜を一緒に迎えないと決めてしまったので、いわゆる「抱かれる準備」というものはしていない。

初夜でどんなことをするか、それはしっかりと叩《たた》き込まれたので知っている。

なるほどたしかにシヴァが胸を触る可能性があるのであれば、恥ずかしがっている場合ではない。

目を瞑《つぶ》り、心を無にしてそれを受け入れていた。

(……でも待って。ということは私……これからシヴァ様と初夜を迎えるのよね？　つまり……抱かれるということ、よね？)

はたとそのことに気付き、内心焦りを覚えた。

初夜をやり直したい。

願いが叶う石にそれを望んだし、望み通りに時が巻き戻ったと知ったときはそれを目標に掲げた。

だが、ロージーの頭の中にはそれはあくまで『部屋に行く』という選択をすることだけだった。

その先のことは考えていない。

部屋に行くと言ったあとどうするかなど、そこまで考えが及んでいなかったのだ。

いや、初夜を迎えるために部屋に行くのだから、シヴァと情を交わすべきなのだろう。

けれども、メアリーが言うようにこの身体を曝《さら》け出して、触れられると思うと途端に恥ずかしくなった。

先ほどまでのやる気がみるみるうちに萎《しぼ》んでしまい、手で顔を覆いながら悶絶《もんぜつ》する。

（でもでもでも、やらなきゃ！）

ロージーが勇気を出すしかないのだ。

きっとシヴァからは積極的に手を出してくれないだろうから。

恥ずかしいし、男性に対して大胆な行動に出たことがないロージーがはたしてシヴァに迫るなんてできるか分からない。

それでも、同じことは繰り返したくないという思いの方が強かった。

（後悔しない選択をする。そう決めたのだから！）

シヴァと夫婦として過ごせる道を模索する。

この人は自分とは結婚したくなかったのだと最初から諦めるのではなくて、ぶつかって本心を聞かなければ。

上辺だけではその人が何を思っているかなど分からないのだから。

「……これを着るのね」

肌の手入れが終わったあとにメアリーに差し出されたネグリジェを見て、ロージーはごくりと喉を鳴らした。

薄手の生地に、露出の多いデザインのそれはピンク色でリボンもついていて可愛らしい。

けれども、胸の部分は大きく開いていて、スカートも膝どころか太腿《ふともも》も見えてしまうほど短いものだ。

まるで、ロージーにこのくらい大胆であれと、背中を押すかのようなネグリジェを手に取った。

「あの、私には似合わないのではないかしら。あまりにも……その……大人びているから……」

こういう露出の多い服は、大人の色香を伴ってこそ輝くものだ。

背が低く童顔のロージーには似合わない。身にまとう前から不安になる。これではシヴァに失笑されるのではないかと。

「似合わないなんてことはありません。奥様はたしかにお顔立ちは幼さが残っておりますが、身体は女性らしさを持ち合わせております。お胸もふくよかですし、脚もすらりと細くて美しいです。いつもはドレスの下に隠れていた奥様の魅力を、存分に引き出してくれますよ」

初夜はこのくらいの演出をしないと、と言われ、ロージーはその言葉を信じてネグリジェに着替えた。

さすがにこのままの格好で廊下に出るのは憚《はばか》られるのでガウンを上からはおり、中が見えないようにサシュできっちりと前を固定する。

握り締めた拳を見つめながら、懸命に己を鼓舞《こぶ》して、いざ！　と廊下に進み出た。

（次の目標は、シヴァ様と朝を迎えること！　そして、明日以降もここに留《とど》まっていただくこと！）

正直、具体的な策はない。

何をどう話せば、シヴァが取り合ってくれるかも未知数だ。

それでも、ロージーは今の勢いを殺すことなくシヴァのもとへと急ぐ。

——シヴァの本心を彼の口から聞きたい。

その一心で、ロージーは必死にもがいていた。

寝室の扉の前に立ち、一呼吸入れる間もなくノックをする。

すると、部屋の中から声が聞こえてきたので、さっそくドアノブに手をかけて扉を開け放った。

入浴を済ませたあとなのだろう。

同じくガウン姿の彼が部屋の真ん中に立っている。

その姿を認めたロージーは、足を止めることなく突進するように向かっていく。

「ロージー嬢……」

彼が何か言いかけたのを見て、先手を打たれる前に思い切り飛びついた。

胸に体当たりをして背中に手を回し、ぎゅっと抱き締める。

屈強な彼の身体は体当たりを受けてもびくともしなかったし、想像以上の胸板の厚さに驚いたが、それでも懸命に抱き着いた。

「貴方と夫婦になるためにここに来ました！　どうぞ抱いてくださいませ！」

途中で声が裏返ってしまったし、大きな声が出てしまった。しかも、彼の胸に顔を埋めたまま叫んだので、声がこもってしまったことだろう。

こんなはしたないことを女性から言うのも、本来ならよくないと分かっていた。

けれども、ロージーにはそこまでしなければならない理由がある。

「シヴァ様の妻として拙《つたな》い部分もございましょう！　見てくれも子どもっぽいところもありますが、立派に成人した女性です！　もとよりそのつもりでシヴァ様に嫁いできた所存です！　ですからどうぞ遠慮なく！　勢いのままに！」

思いの丈を口にした。

こちらにはそれだけの覚悟があるのだぞと示すように。

ところが、シヴァは何も答えてくれず沈黙を続ける。

あまりにも長い沈黙なので、焦れたロージーは怖いもの見たさで彼の顔をそろりと窺《うかが》い見た。

「……シヴァ様？」

最初に真っ黒なガウンが目に入り、視線を上に向けていくにつれて彼の肌が見える。

胸板から鎖骨へ、そして首筋へ。

ところが、その肌が顔に近づくにつれて肌がピンクに色づいているように見た。

さらに顔を見ると、頬《ほお》が赤く染まっている。それを隠すように手で顔を覆っていた。

耳も真っ赤になっていて、冷徹無比と謳われた彼らしからぬ姿。

（やっぱりこの人は……）

その様子に、思わずロージーは顔を綻ばせる。

この国の新しい将軍シヴァ・グライスナーは、勇猛果敢で不死身の男。

冷静沈着で何事にも動じず、決して心を乱すことがない。

そうであるがゆえに、強さと引き換えに人間としての感情を捨ててしまった恐ろしい人。

皆が囁《ささや》くシヴァはそんな人間だった。ロージーもまた、噂を鵜《う》呑《の》みにして怖い人だと思い込んでいたのだ。

ところが、今はそうではないと知っている。

彼は最後にくれた手紙で、隠された本心を教えてくれたのだ。


――時が戻る前、シヴァが戦死したことを知ったとき。

彼は己の死を覚悟していたのだろう。ロージーに一通の手紙を残してくれていた。

ルイーザの父、前将軍であるエッカルトが皇帝に反逆の意を示し兵をかき集めた。それを平定するためにシヴァが軍を率い、相対することになったのだ。

負けなしと謳われていたシヴァも、さすがに討ち取るべき敵が前将軍となれば、無事では済まないと思ったのかもしれない。

訃報を知らせに来た兵士にその手紙をもらったとき、ロージーは事務的に財産や屋敷、領地運営など遺言書に書かれるような内容が記されていると決めつけていた。

ところが、綴《つづ》られていたのは懺悔《ざんげ》だった。

一年間、ロージーをひとりきりにしてしまっていたことへの謝罪。

そして、どうして初夜の翌日に屋敷を出て行ってしまったのか、その真相が書かれていた。

『きっと貴女は笑うかもしれない。信じられないかもしれない。けれども俺は、一目見たときから貴女に心惹《ひ》かれていた』

本当に信じがたい文から始まった手紙に、ロージーは懸命に目を走らせた。

可愛らしく、守ってあげたくなるような可憐《かれん》なロージーに一目惚《ひとめぼ》れをしたが、怖がられているのが分かって言葉をかけることを躊躇《ためら》ったこと。

緊張のあまり怖い顔になってしまっていたことを反省し、結婚式までどうにか治そうと努力したものの、花嫁衣裳を身にまとった美しいロージーを目にしたら、すべて吹っ飛んで顔が強張《こわば》ってしまったこと。

青褪めた顔でバージンロードを歩いてくるロージーを見て、やはりこんな野蛮な男の妻になるのは不本意だったのだろうと悟った。

これ以上ロージーに苦痛を強いたくない。

シヴァは誓いの言葉を口にする中、そう思ったのだと。

『それでも、貴女に触れたいとあさましい俺は願ってしまった。だから、貴女に初夜をともに迎えるかどうかを聞くような卑怯《ひきょう》な真似《まね》をしてしまった』

そして、ロージーがやってくるのを寝室でじっと待ち、朝陽が部屋に射《さ》しこみ始めたのを見て王都に旅立った。

王命である以上この結婚は避けられないものだったが、その後の生活で不自由なく暮らせるように計らうことはできる。

きっと、ロージーはシヴァがいなければ心穏やかに暮らすことができるだろう。何も恐ろしいと思っている人間と暮らす必要はない。

『いかに怖い顔をしているか、人々から恐れられているか自分が一番よく知っている』

この一文にロージーの心が酷《ひど》く痛んだ。

結婚式の日、たしかにロージーは怯えていた。

けれども、何もシヴァが怖いからという理由だけではない。

知らない人から一斉に注目を浴びたこと、将軍シヴァの伴侶という重荷を背負いきれるのかという不安、そしてルイーザという女性がいたのにロージーがふたりの邪魔をしてしまったかもしれないという負い目。

いろんな要因がロージーを苛《さいな》んでいたのだ。

だが、シヴァはそんなことを知る由もなかった。

青褪めて怯えている姿を見て、いつものように自分が他の人を怖がらせているのだろうと勘違いしても仕方がない。

怖がられることに傷ついていたのはシヴァなのに。

それなのに彼は、ロージーを思って退こうと決意したが、一縷の望みに賭けて初夜の選択を委《ゆだ》ねてきた。

でも、寝室に行くという選択をしなかったロージーは、彼の勇気を踏みにじってしまったのだ。

自分が傷つきたくないがために。

『俺は、初めて勝ち目がないかもしれないと思う戦いに挑む。死ぬ覚悟で剣を取るつもりだ』

だから、筆を執ったとシヴァは綴っている。

さらに、こんなときにしか自分の思いの丈をぶつけることができない自分が情けない。

それでも、恥を忍んで手紙を送ると。

『貴女を俺を含む全てから守りたかった。そう思いあの夜に逃げてしまったことを、今でも後悔している。けれど、守りたいという気持ちは今でも変わらない』

ロージーの穏やかな暮らしを守るために、自分は戦う。

未来のためにと。

『もし、生きて帰ることができたら、もう一度会ってくれないか。その約束としてこの髪飾りを贈る。願いが叶うと言われているハウの石が填《は》め込まれている。俺の願いも込めておいた』

――会いに行く。

そう締めくくられた手紙を読み終えたときには、涙が止まらなかった。

ぼたぼたと雫《しずく》が落ち、インクが滲《にじ》んでしまう。

死んでから本音を伝えてくるシヴァを恨んだ。

どうして早く言ってくれなかったのか。一年も時間があったのに、その間に少しでも話し合おうとしてくれればこんなに苦しくなかったのにと。

そして、初夜に意気地が出なかった自分のことも恨んだ。

きっとあのとき寝室に行っていれば、今とは違った結果になっていたかもしれない。

手紙ではなく彼の口から本心を聞けただろうし、直接『生きて帰ってきて』と言えたし、『待っていてくれ』と言うシヴァの言葉をこの耳で聞けたはずなのに。

手紙と髪飾りを残して、夫は帰らぬ人になった。

髪飾りを見つめ、石を指で触れる。

シヴァがどんな願いをしたのか、今となっては分からない。

でも、ロージーが願うのはたったひとつ。

「……お願い……あの初夜をやり直させて……」

馬鹿な願いだと分かっている。

願いが叶う石なんて眉唾物《まゆつばもの》だと。

それでも願わずにいられなかった。

「……お願いよ……願いが叶う石なら、どうか……どうか……」

この受け入れがたい真実を目の前にして、縋るものがほしかったのだろう。

ただじっと涙を流して悲しむだけなんてできず、自分に何かできないか模索した結果の祈りだった。

だが、それが功を奏したのか。

目の前が真っ白になり、酩酊感に襲われ目を閉じ、再び目を開けたときに一年前に時が戻っていたのだ。


初夜をやり直したかったのは、自分が本当のシヴァという人を知らないと知ってしまったから。

不器用な優しさでロージーを苛《さいな》むものから守ろうとしていた人だと知ったからだ。

それが己の恋心を押し殺す結果になったとしても、ロージーを慮《おもんぱか》る心根の優しい人。

評判と見た目からは想像がつかないほどに情に厚いと知って、逃げるのではなく向き合いたいと思ったからに他ならない。

けれども、ロージーがくっついただけで顔を真っ赤にしてしまうほどに純情だったなんて。

彼につられてこちらも恥ずかしくなって、飛びのきたくなった。

だが、ここで手を離してしまったら絶対に勢いが失速して怖気づいてしまうので、必死にしがみついてシヴァに攻め込む。

「ど、どういたしましょうか、シヴァ様。ベッドに横たわりますか？」

「……ちょっと待ってくれ」

「それとも！　……とても恥ずかしいですが……その、ガウンを脱いで肌を見せた方がよろしいでしょうか……」

「ろ、ロージー嬢、それはまだ早い……お願いだ、先走らないでくれ」

「あ！　もしかして、シヴァ様自らが……ぬ、脱がせてくださるとか……そういう……」

たしかに閨《ねや》事の授業でも男性に身を委ねてと教わった。

あまり出しゃばらず、抱いてほしいと意志を示したあとはシヴァにお任せすべきだったかと反省をした。

ところが、そんなロージーをよそにシヴァは噎《む》せて咳《せき》をしている。

「だ、大丈夫ですか？」

いったいどうしたのだろうと首を傾げながら彼の大きな背中を擦ると、シヴァは鋭い視線をこちらに寄越《よこ》してきた。

ただし目元を真っ赤に染めているので、まったく恐ろしくない。

「……そんなことを安易に言ってはいけないだろう！」

「え！　……あ……そう、ですね……申し訳ございません……」

ここでようやく高揚していたロージーの心がスッと冷えて、自分の大胆さを恥じた。

勢いを殺してしまったら絶対に言えなくなると必死になりすぎて、暴走してしまったようだ。

もしかして、シヴァを怒らせてしまったのだろうかとシュンと肩を落とすと、咳が落ち着いた彼がたたずまいを直し、ロージーの方を向きかしこまった姿を見せた。

「男に対し、脱がせてくれなんて言うのはあまりにも不用心だ。そういう言葉を安易に口にすると、大変なことになる」

「申し訳ございません……。ですが、私たちはこれから初夜を迎えるのでしょう？　一夜をともにするときには夫に身を任せろと教わりました。ですから、脱がせてくださいと申し上げたのですが……私、何か間違っておりましたでしょうか……」

上目でシヴァを見上げ、不安に揺れる瞳で見つめた。

すると彼はウッと言葉を詰まらせて、頭を抱えながら天を仰ぐ。

「……間違ってはいない……間違ってはいないのだが……」

そう言って言葉を詰まらせ、眉間に皺《しわ》を寄せていた。

どうしたのだろうと彼の様子を見ながら、何を言わんとしているのかを探る。

そしてひとつの答えに行き当たり、ハッとした。

「もしかして、私に抱きたいと思えるほどの魅力がないということでしょうか」

きっとこれが原因に違いないと合点がいきながらも、やはり女性らしさがないと心が惹かれても身体に興味を持てないのかと落ち込んでしまった。

いや、とうの昔に分かっていたことだ。

今もこうやって向き合っていても、ロージーの頭はシヴァの胸の下くらいにある。

もちろん、彼が長躯《ちょうく》だというのもあるが、さらにロージーの身長が低いためにその差が驚くほどのものになっていた。

胸はそれなりにあるはず。

先ほど着替えを手伝ってくれたメアリーが胸に香油を塗りながら褒めてくれていた。

腰も細く、お尻も丸みがある。

ただ、身長が低く顔が幼い。

メアリーも言っていた、服の下に隠れていた『魅力』というものを見せれば、もしかしたらその気になってくれるのではないかとロージーは思いついた。

そうとなれば、脱がせてもらうのを待つのではなく、当初の予定通り自分から脱いで見せなければ。

ガウンの下に着ているネグリジェを見せて、あると言われた『魅力』というものを示していくしかないと、サシュを早速解いた。

「……何を」

ぎょっとした顔をして、シヴァは視線を横にずらす。

ガウンを完全に脱いで、彼の視界に入るようにロージーは移動した。

シヴァはまた違う方向を向いてしまうので、さらに移動してどうにか視界に収まるように必死になる。

すると、完全に視界に入ることができないように上を向かれてしまった。

「そ、そんなに魅力がありませんか？」

さしものロージーも彼のその態度にショックを受け、青褪める。

すると、シヴァは「ち、違う！」と声を上げ、バッとこちらを見た。

「そういうことではなく……俺は……その……こういうことに耐性がない。だから、戸惑っていると言うか、畏れ多いと言うか……」

「なら、私とお揃《そろ》いですね。私もこういうことは初めてです」

「いや、そうなんだが、厳密に言えばそういうことではなく……」

ふたたび目を逸《そ》らし、言葉を探すようなそぶりを見せてきた。

ロージーも恥ずかしいがガウンを脱いで一歩前に進み出た。シヴァも恥ずかしいと思っているのであれば、一緒に踏み出そうと思ったのだが彼は少し違うらしい。

難しい。

あの手紙を読んで、顔を赤くしている彼を見て少しはシヴァという人を知ることができたと思ったが、やはり思考までは読み取れない。

だからこそ、今彼が何を思い悩んでいるのかを知りたくて、ロージーは彼の胸元の服を掴《つか》んで聞いてみた。

「では、どういうことなのでしょうか。ぜひ、私に教えてください」

「……それは」

（手紙では『心惹かれていた』と書いてあったからてっきり私のことが好きなのだと思っていたのだけれど……そういうことではないのかしら？）

好きな人には触れたい。

そう思うのが普通なのだと考えていた。

ロージーはシヴァに愛情を持っているわけではないが、人を好きになるとどうなるのかは知っている。

本で恋物語をたくさん読んできたからだ。

だから、シヴァの様子は不可解で、恥ずかしくて触れ合えないのであれば他にどんな理由があるのだろうと首を傾げた。

「私たち、夫婦になりました。これから初夜を迎えるのでしょう？　そのつもりで寝室に来るかどうか決めろとおっしゃったのではないのですか？」

もしかして、部屋に来ても来なくてもシヴァはそのつもりがなかったのだろうか。

このまま初夜を迎えず、彼は翌日王都へと行ってしまう。ロージーを残して。

また同じことを繰り返すのであれば、何のために時が戻ったのだろう。

何のために選べとあのとき言ったのか。

ロージーの勇気が空回ってしまった気がして悲しくて、眦《まなじり》に涙が浮かんだ。

「な、泣くな！」

「……でも」

「一旦落ち着いてくれ！　お互いに少し落ち着こう」

ワタワタと慌てるシヴァは両手を所在なく動かしたあとに、ごくりと唾を呑み「すまない」と言ってきた。

床に落ちていたガウンを拾い目をつむったままロージーにそれを着せてサシュをかたく締める。

次にロージーの身体を持ち上げベッドに運んでいくと、丁寧な手つきで下ろして縁に座らせる。

きょとんとしていると、シヴァは目の前に跪《ひざまず》いた。

「シヴァ様？」

真《ま》っ直《す》ぐこちらの顔を見られないのか、彼はそっぽを向き何か考え込んでいる素振りを見せている。

それでもゆっくりと口を動かし始めたので、シヴァの言葉を待った。

「……もちろん、俺も貴女と初夜を迎える心づもりで言った。貴女が来てくれるのであれば、俺も覚悟を決めて夫としての責任を果たそうと。そう決めていたんだが……」

そこまで言って再び言葉に詰まる。

「はい」

大丈夫、ゆっくりでいい。ちゃんと聞いていますよと示すために相槌《あいづち》を打った。

「貴女が……あまりにも積極的で……『抱いてください』なんて言うから、驚いて……」

「……え？　驚いただけですか？」

それだけであんなにもロージーを拒否したのだろうか。

怖気づかないようにと積極的にいったのがまずかったのかと、ロージーは自分の作戦ミスに肩を落とす。

「もちろん驚いただけではなく、戸惑ったんだ。ずっと貴女は俺を怖がっているようだったから。それこそ初めて会った日からずっと。それなのに今日は人が変わったように俺に微笑《ほほえ》みかけてくれるし、抱き締めてくるしと、予想外のことが起きてどう反応したらいいものかと……」

再び顔を真っ赤になっていくシヴァを見て、どうやら作戦は完全に失敗というわけではなかったようだと知った。

「つまり、こういうことですか？　私の態度が違っていたから、びっくりしたと」

シヴァはこくりと頷《うなず》く。

「ずっと怖がられていたと思っていたと」

「そうだ。皆、特に女性は俺を怖がるし、俺もその自覚がある。だから、いたしかたないことだと分かっている。だが……俺は、貴女に……」

きゅっと眉根を寄せたシヴァを見て、ロージーは思わず彼の腕の服を指先で掴んで、つんつんと引っ張る。

「……私に、なんですか？」

その先の言葉を聞かせてほしい。

態度と言葉で示すと、彼は今度はへにょりと眉尻を下げていた。

「こんなことを言ってしまったら、せっかく歩み寄ってくれた貴女を怖がらせるかもしれない。……それでも打ち明けてもいいだろうか」

「言ってください。聞きたいです」

きっとその言葉を聞くために時を越えて戻ってきたのだから。

にこりと微笑んだ。

「――初めて見たとき、貴女に惹かれていた。可愛らしくて愛らしくて、俺なんかが触れたら壊れそうなほど儚《はかな》いその姿に、名を名乗るときに聞かせてくれた美しい声に、この心が奪われたんだ」

顔を手で覆う姿は、噂で聞く孤軍奮闘した戦神と謳われるような人とは思えなかった。

「貴女と夫婦になれると思ったら、こんな幸運が俺なんかに舞い込んできてもいいのかと浮かれた。だが、幾人もの血で汚れた手で貴女に触れてもいいのか、触れたら最後、傷つけてしまうのではないかと怖くなったんだ。……俺の手は誰かを傷つけることしかしてこなかったから」

ずっと戦に明け暮れた日々だった。

国のため、己の名誉や出世のため、ひたすらに剣を振るい続けた。

けれども、いざ剣を手から放し女性に触れると考えてしまったら、果たして自分にその資格はあるのかと疑問に思ったのだと言う。

この結婚はシヴァのためのものだ。

将軍という地位に見合う爵位と縁を得るための政略結婚。

もし、ロージーを見ても心が動かなければ、割り切った態度でいられただろう。ここまで動揺することもなく、平然とした態度でいられたはずだと。

「だが、俺はあさましくも貴女に一目惚《ぼ》れをしてしまった」

それなのに、シヴァに想定外のことが起きた。

恋というものを初めてしたのだと。

「馬鹿みたいに心臓が高鳴って、体温が上がって、貴女の姿を見ているだけで落ち着かなくなった。冷静になろうと努めたせいで顔に力が入って、結果貴女を怖がらせてしまった自分がまた情けなかったんだ」

だから、ロージーを極力怖がらせないように努めた。

口を開かず目を合わせず、必要以上の接触をしない。

初夜も義務感や無理強いをしてロージーに苦痛を与えてしまうくらいならば、一緒に迎えなくてもいい。

けれども、やはり恋心が未練を残した。

「……最後の賭けだった。貴女が来てくれたら、何が何でも大事にすると。だが……まさか抱き着かれるとは……。おかげで理性を繋《つな》ぎとめるだけで精いっぱいだ」

初めての恋で、男女の触れ合いに不慣れで、最後の賭けに出て緊張が高まる中、ロージーに抱き着かれたら一気に頭の中がパニックになった。

そういうことらしい。

（……手紙から感じ取っていた以上に、初心《うぶ》な方なのね）

まぁ……とロージーも手で口元を覆い目を丸くした。

彼が今言ったことは手紙でほとんど分かっていた。

けれども文字で理解するのと、実際に彼の口から聞くのではまったく印象が違う。

冷たいと思っていた夫がこんなに純情だったなんて、あの態度からどう窺い知ることができただろうか。

「シヴァ様は、ご自分は人を傷つけるものだと思っているのですね」

「実際そうだ。戦争で人を斬ってくることしかしてこなかった」

「それを恥じているのでしょうか？」

少しシヴァの心に踏み込む。

すると、彼は戸惑いながらも教えてくれた。

「いいや。恥じてはいない。恥じたら、俺が斬ってきた者たちに顔向けできない」

誇りがある。軍人としての。

だから、決して恥じてはいない。

だが、やはり考えてしまうのだと言う。

「壊すことしかしなかった俺が、皆に恐れられ続けてきた俺が、はたして華奢《きゃしゃ》な貴女に触れていいものかと」

そんなことを考えて、恐れて、そして身を引くことしかできなかったシヴァをいじらしいと思う。

この人は誰よりも優しくも誠実な人だと。

「シヴァ様は壊してきたのではなく、たくさんのものを守ってきたのだと私は思います。この手は傷つける手ではなく、守る手だと」

そう思いませんか？　とシヴァの大きな手に自分の手を重ねた。

たしかに、凄く大きな手だ。

比べてみるとロージーの手より一回りも二回りも違う。

時が戻る前、ロージーも彼を恐れていた。むやみに、見た目が怖いからというだけで。この手が自分を傷つける手だと思っていたのだろう。

でも、今は違う。

ほんの少しだがシヴァの本心を知って、彼の恐れを知って、赤面する姿を見て。

自分がどれほど愚かなのか思い知った。

もっともっと歩み寄っていかなければ何も真実は見えないのだと、シヴァに教えてもらった気分だ。

（この人は、誰よりも他人をむやみに傷つけることを厭《いと》う人なのね）

剣を振るい人を傷つける重さを知っているからこそ慎重になる。

それこそ、不器用なほどに。

「私も謝ります。最初に会ったとき、わけもなく怖がってしまって申し訳ございません。正直申しますと、たしかに私はシヴァ様の厳格な雰囲気に気圧《けお》されて怯えておりました」

だからロージーも本心を口にする。

彼にだけ話させてこちらが何も曝け出さないのは卑怯だ。

それに知っていてほしかった。

「でも、それだけではありません。私、重圧に押し潰されそうでした。かの有名な将軍シヴァの伴侶になるという大役を仰せつかる重圧。……社交界ではまったく男性に見向きもされなかった私に務まるかと不安だったのです」

きっとシヴァも本心を吐露することに躊躇いを持ったはずだ。羞恥もまた持っていただろう。

ロージーが今そうなのだから。

自分の不安を打ち明けるのがこんなにも怖くて、緊張で手が震えるものだなんて。

「……それに、シヴァ様は……前将軍のご令嬢のルイーザ様といい仲だと聞いていましたから、もしかして私がおふたりの邪魔をしてしまうのではないかと……」

「それは違う！　彼女とはそんな関係ではない！」

バッと顔を上げて必死に首を横に振っていた。

そうではないのだと訴えるように。

「俺にとってルイーザは上官の娘というだけだ。それ以上でもそれ以下でもない。だから、貴女が気後れするような仲では決してないんだ。誤解しないでくれ」

「はい。分かりました」

「噂になっているのは知っていた。だが、真実ではないから放っておいたんだ。否定する方が逆に変な憶測を呼ぶだろうし、そのうち消えるものだと……」

「大丈夫です。シヴァ様の口から違うと聞けたので安心しました」

最初から彼に聞けばよかったのだ。

婚約者になった時点でロージーにその権利はあったのに、傷つきたくないからと話題に出すことも避けてきた。

臆病者で卑怯者《ひきょうもの》。

シヴァは自分のことをあさましいと貶《おとし》めていたが、ロージーこそあさましい人間だったのだろう。

「あの……勝手な憶測で貴方を避けていた私が言えた義理ではありませんが、もしよろしければこれからは互いに自分の気持ちを伝える努力をしてみませんか?」

きっとそれが足りなかった。

一緒にいた時間はあまりないけれど、そこまでの絆《きずな》も育んでいないけれど、ロージーたちはこのくらい強引な方がいい。

奥手なふたりなのだから。

「俺はあまり口が上手い方ではない。自分の気持ちを伝えることはあまりしないし、しようとも思ったことがなかった」

「私もあまり人と話すのは得意ではありません。引っ込み思案ですぐにうじうじと考えてしまう性格です」

「今の貴女はそう見えないな」

苦笑するシヴァを見て、ロージーもまたつられて笑みを浮かべた。

「後悔しないように生きると決めたからです」

「そうか」

彼は重ねられたロージーの手を握り、真っ直ぐにこちらを見据えてくる。

その真摯な顔は厳格でともすれば怖くも見えるけれど、まったく恐れを抱かなかった。どきりとするけれど、それは嫌なものではない。

「ならば、俺も貴女を見習って後悔しないように生きていかなければな。自分の気持ちを口にする努力をして」

「はい。お互いに頑張りましょうね」

ロージーも握り返して、大きく頷いた。

にこにことシヴァの顔を見つめていたが、徐々に見つめ合っているこの状況が照れ臭くなって視線を横にずらした。

彼もこちらが照れてしまったことに気付いたのだろう。

スッと手を離して俯《うつむ》き加減になっていた。

しばし沈黙が流れる。

「……それで……今夜のことなのだが……」

「は、はい！」

シヴァの方からその話を振ってくれると思わず、咄嗟《とっさ》に大きな声を出して背筋をピンと伸ばした。

今夜は？　今夜は？　と緊張と期待を込めた目で彼を見つめる。

すると、彼は難しい顔をして口を開いたり閉じたりして言葉を探しているようだった。

考えごとをしていると、眉間に皺を寄せる癖があるのだろうか。

シヴァのことをひとつ知るたびに、胸が弾んでしまう。

「……予定通り……貴女を抱いても……いいだろうか」

「はい！　もちろんです！」

よかった、一歩先に進めたとホッとして嬉しくなった。

肌を合わせると思うと恥ずかしくて顔が熱くなってしまうが、シヴァと夫婦になるために必要な儀式だから勇気を振り絞らなければ。

よし！　と意気込むとシヴァの首に腕を回して抱き着いた。

「よろしくお願いいたします！　シヴァ様！」

「だ、だから……そういう積極的なことをされてしまうと……その……」

耳まで真っ赤にした彼は、「手加減してくれ」と小さな声で呟《つぶや》いた。

慌てて離れると、彼はこちらに手を差し出してくる。

「武骨者で女性の扱いなど知らない人間だが、どうかよろしく頼む」

なるほど握手をして初夜を始めるのねと理解したロージーは、小さな手を両方使って彼の大きな手を握り締めた。

「私、シヴァ様から見れば凄く小さくて頼りないかもしれません」

ほら、手もこんなにも違うと、見せつけるように握り締めた手を彼の目の前に掲げる。

「でも、簡単に壊れたりしません。それにこれからちゃんと怖いときは怖いと言うとお約束しました。これは、私たちの信頼関係を試す行為でもあります」

ロージーは自分の気持ちを口にする。

恐怖を覚えれば怖いと、痛みを感じれば痛いと、やめてほしければやめてと言う。

「私は、シヴァ様は無体を働くような人ではないと信じます。だから、この身体を委ねるんです」

逆にそれはシヴァを信頼するということにもなる。

信じて委ねるから、どうぞ私のことも信じてと見せるのだ。

「貴女の信頼に全力で応えることを約束しよう」

彼は軍人だ。

だから誰よりも無防備になることを嫌うだろう。

そんな彼に無条件に『信じて』と言うのは酷なことかもしれない。

けれども、それを乗り越えていくのが夫婦というものなのではないだろうか。信頼を与えて、信用を得るのがまた家族だと。

「そ、それでどうしましょう。……こういうときは……その……一緒にベッドに入るところから始めるのでしょうか」

「べ、ベッドに一緒に……」

ちらりとシヴァはベッドを見る。

「……その方がいいかもしれないな」

かぁ……という音が聞こえてきそうなほどに赤面したシヴァの顔は、最初こそ珍しいものを見たものだと驚いたが、何度も見ているうちに可愛らしいと思えるようになっていた。

ロージーが何かするたび、言うたびに動揺し、あたふたする彼がいじらしい。

もっと早くこんな人だと知りたかった。

シヴァはベッドに乗り隣で並んで座る。

どちらから動けばいいのかとシヴァを横目で窺っていると、彼は咳払《せきばら》いをした。

「失礼」

そう言って、くるっとこちらに身体を向けると、ロージーの肩に手を置いてくる。

どきりと胸が高鳴り思わず息を呑む。

「今からベッドに押し倒すがいいだろうか」

「ど、どうぞ！」

では、とかしこまったシヴァはゆっくりとロージーを後ろに倒す。

途中で背中に手を当てて支えながら沈められたので、紳士的な振る舞いにドキドキして息が浅くなってしまう。

（私、本当にシヴァ様と初夜を迎えるのね）

未来を変えたいと思っていた。

初夜を迎えるために寝室に行けば、シヴァと初夜を迎えたらあんな悲しいすれ違いはなくなるだろうと期待を込めてここにやってきたのだ。

だから、どう変わっていくか分からないけれど、同じ後悔はしないだろう。

夫婦の第一歩を踏み出すことが大事なのだから。

シヴァを見上げ、彼の精悍《せいかん》な顔を見つめる。

スッと通った二重の切れ長の目。あまりにもその形が完璧で美しくて、思わず魅入ってしまった。

威圧的な雰囲気や厳格な顔つきに隠れて気付かなかったが、シヴァの顔はパーツひとつひとつが整っている。

顔の険が取れれば、皆恐れるのではなく見蕩《みと》れただろうに。

もしこの顔で微笑まれたら、きっと。

「シヴァ様、次はどうされますか？」

「……服を脱がせるとかだろうか」

先ほどロージーがガウンをはだけたときはあんなに狼狽《うろた》えていたというのに、今度は自ら「脱がせる」と言ってくれるなんて。

メアリーの言う通り、念入りに肌のお手入れをしておいてよかったと心の底から感謝した。

「あの、私が実家から連れてきたメアリーという使用人がいるのですが、彼女曰《いわ》く、私は服の下に魅力を隠しているらしいのです。だから、もしかすると服を脱がせたら魅力が出てくるかもしれません」

「……っ」

伸ばしかけた手を止めて、シヴァが瞬きひとつせずに固まってしまう。

「ぐっ……！」

苦しそうに呻《うめ》くと、また悩ましい顔をしていた。

「……だから、そうやって俺の理性を試すようなことを言わないでくれと……！」

「も、申し訳ございません！　……ただ、メアリーにそう勇気づけられたのが嬉しくて。女性らしい魅力が私にもあるんだと思ったら、シヴァ様にも知ってもらいたいと欲張ってしまいました」

決してシヴァを試したわけではなかった。

ただ、メアリーの言う通りロージーの服の下に魅力というものがあるのであれば、シヴァにも感じてもらえたら嬉しいなと思って出た言葉だ。

それがなけなしの魅力であったとしても、少しでも今のロージーのように胸をときめかせてくれたらいいのになんていう甘い期待。

「いや、いいんだ。貴女が自分を魅力的だと思う部分を教えてもらえて嬉しい。……すまない。俺が大袈裟《おおげさ》に反応し過ぎなんだ」

申し訳なさそうな顔をするシヴァの頬に触れ、ロージーは首を横に振った。

「謝らないでください。だって、それが素の貴方なのでしょう？」

シヴァが素直な言葉を口にしてくれることが大事なのだ。

「それで、服を脱がせるでよろしいですか？」

改めて確認すると、彼は小さくこくりと頷いた。

「はじめようか」

そう言って伸ばしてきた彼の指先が震えていることに気付く。

彼の緊張に引っ張られたのだろうか、ロージーもまた肩を竦《すく》めて身体を硬直させながらその手の行方を目で追っていった。

まずはガウンの袂《たもと》に手をかけて肩からずり下ろす。

「腰を浮かせてくれるか」

こくりと頷き腰を上げると、素早くガウンをロージーの身体の下から抜き去った。

「……あの……その……」

「はい」

どうしましたか？　と首を傾げる。

「あ、貴女の言う通り、凄く……魅力的、だ」

「え！」

思わぬ誉《ほ》め言葉に驚くと、ロージーは真っ赤になった顔を両手で覆った。

少しでもそう見えたらいいなと期待を込めたアピールだったが、まさか褒めてくれるとは。

「……ありがとうございます。嬉しいです」

シヴァの今の言葉に身体の力が抜けていく。

ネグリジェの肩紐《かたひも》を肩から外し、シヴァがごくりと息を呑むと胸元を露《あら》わにしてきた。

幼い顔つきに似つかわしくない、豊満な胸。

たわわなそれがまろび出るのを見て、ロージーは息を浅くした。

また腰を浮かせてネグリジェを脱がせる手伝いをすると、次に最後の一枚に手をかける。

だが、すぐに脱がせるのではなく、指を引っかけただけで動きを止めてしまった。

「ここは……またのちほどにしよう」

一気にすべてを脱がせるわけではないらしい。

シヴァはロージーの頬に触ると、親指で撫《な》でつけてきた。

「キスをしてもいいか?」

「してください」

ぜひ、と頷くとシヴァは目を細めて顔を近づけてきた。

柔らかな唇がゆっくりとロージーの唇に触れ、そしてすぐに離れていく。

(またキスしちゃった)

二回の誓いのキスと、初夜のキス。

もう二度とシヴァとキスをすることなどないと思っていた。

彼に触れることなど。

「もう一度してもいいか?」

「……何度でもしてください。何度でも……何度だって……」

シヴァとキスをできるのは奇跡が起こったからだ。だから、その奇跡をもっともっと実感させてほしいと強請《ねだ》った。

再び唇を寄せてきた彼は、先ほどよりも深く重なってくる。

少しでも動けば離れてしまいそうになる軽い繋がりではない。唇すべてで味わうような、そんなキスだ。

隙間なくぴったり重なり合って、彼の体温を感じてしまうほどに。

また離れてしまう唇をつい目で追い、もう終わってしまうのかと寂しくなった。

ところが再びキスをされる。

何度も何度も、ロージーが望んだように。

重ねられるだけだったものが啄《ついば》むものに。

角度を変えて深いものに。

「……ぁ……ンぅ……」

息継ぎが上手くできなくて、甘い声がつい出てしまう。息も荒くなり、身体も熱くなってきた。

「……息、できない……」

喘《あえ》ぐように助けを求めると、シヴァは目を丸くして唇を離した。

「鼻で息をできるのではないか?」

「……あ……たしかにそうですね……」

恥ずかしいことに気付かなかった。

キスを受けることで精いっぱいで、そこまで気が回らなかったようだ。

少しずつ鼻で息を吸い込むと、たしかに身体に空気が行き渡って苦しくなくなった。

「……楽になりました。ありがとう……ございます……」

「……それはよかった」

するとシヴァはロージーの歯に舌を当てて舐《ねぶ》ってきた。舌先でくすぐるように舐《な》めて、コツコツと軽く叩《たた》いてくる。

まるでここを開けてくれと言わんばかりのしぐさに、ロージーはゆっくりと口を小さく開いた。

すると、肉厚の舌が中に入ってきて、こちらの舌を絡め取る。

舌の形をたしかめるように、互いの唾液を交じり合わせるように。愛撫《あいぶ》をされ愛《め》でられるような動きに、ロージーの脳がジンと痺《しび》れる。

頭に熱が溜《た》まって、ちゃんと息ができているのに思考が霞《かす》んでいっていた。

（……どうしよう……このまま意識を失ってしまいそう。でも、心地よくてやめてほしくない）

ジレンマに苛まれながらシヴァにすべてを任せ、縋るように彼の肩に手を置く。

ところがそれがきっかけになってしまったのだろう。

シヴァは突然ロージーの口の中から舌を引き抜き、弾かれるように離れていってしまった。

その顔には焦りが滲《にじ》み出ていて、どうしたのだろうとロージーは目を瞬かせる。

「歯止めが利かなくなっていた！　つい、夢中になってしまって……」

ロージーの顔を窺い、不快ではなかったか、怖くなかったかと聞いてきた。

きっと彼は気を遣って聞いてくれているのだろう。けれどもロージーにはキスの感想を聞かれている感じがして、少し恥ずかしかった。

「……嫌ではありませんでした」

「よかった……」

「……心地よかったですし……もう少しキスをしてもらいたいという思いの方が大きくて……」

文句を言うのであればそこだろう。

途中でやめてほしくなかったのにと、上目で彼を見つめ拗《す》ねてみせた。

「申し訳ない……！　俺の意気地がないばかりに。次はやめない。貴女が嫌だと言うまで触れ続ける」

そう意気込んだシヴァは、再びキスをしてくる。

遠慮なく舌を挿し込んできて口の中を蹂躙《じゅうりん》し、ロージーに心地よさを与えてくれた。

ロージーも改めて彼の肩に手を置くと、それを掴まれ首の後ろに誘導される。もっとくっついてくれと言われているようで嬉しくて、ぎゅっと抱き締めた。

「……ン……ふぅ……ん……っ」

鼻から息が抜けた甘い声が漏れる。

シヴァがキスの角度を変えるたび、舌先で口の中の上顎をくすぐるたびにはしたない声が出て、我慢しようとしても難しい。

そのうち身体の力も抜け、抗《あらが》うこともできなくなる。

ただただ、シヴァという人を感じて、今まで知らなかった未知の心地よさに酔いしれた。

「身体に触れても？」

耳元で囁かれたので、ロージーは小さく頷く。

すると、キスを続けながらシヴァはロージーの脇腹に触れてきた。

彼の手が火傷《やけど》してしまいそうなほどに熱くて、その熱がこちらにまで移ってしまいそう。

少し躊躇いを持った彼の手はしばらく脇腹や臍《へそ》のあたりを彷徨《さまよ》っていたが、ついに胸に向かって動き始めた。

それを感じ取りながら、ロージーも無意識に身体を硬くする。

シヴァに触れられるためにあんなに丹念にお手入れしてもらった胸だ、触られても大丈夫だと自分に言い聞かせた。

下から掬うように持ち上げられた乳房を、シヴァは大きな手で揉《も》みしだく。

自分の身体の一部が他人に弄ばれるという感覚が慣れなくて、肩を竦めてしまう。

その様子を見た彼はキスを止めて、耳元に口を寄せてきた。

「……見ただけでも魅力的だと思ったのに、触れたらさらに貴女の身体に魅了されてしまったようだ。凄く触り心地がよくて、ずっと触れていたいくらいだ」

「……ン……あっ……」

吐息が耳にかかり、ビクビクと身体が震える。

それ以上に、シヴァがこの身体を気に入ってくれたことが嬉しくて、心も身体も高揚していった。

心なしか感度も上がっているような気がする。

「……ふぅ……ンん……メアリーが頑張ってお手入れしてくださったから……んっ……シヴァ様が、触るだろうからと……あぁっ」

「俺のためにありがとう」

彼の指が胸の頂に触れ、硬く勃ち始めたそこを可愛がってきた。

指の腹でくりくりとこね、扱《しご》き、爪の先で弾く。

むず痒《がゆ》いものだった愛撫が、徐々に気持ちいいものになったのはどのくらい経ったときだろうか。

その頃には、ロージーの片方の胸は指で、もう片方は口に弄ばれていた。

交互にもたらされる違った刺激が、快楽の渦に引きずり込んでいく。

「……あぁ……あっ……ふぅ……ンん……んぁ……あっ」

まさかこんなに胸を攻められるとは。

だからメアリーは必要だと言っていたのだと、熱に浮かされた頭で考えた。

「……ロージー嬢」

シヴァも興奮しているのか、掠《かす》れた声で名前を呼んでくる。

でも、その呼び方が他人行儀で遠慮のようなものが見て取れた。

「……ロージーと呼んで……」

だから、願望を素直に口にする。

妻らしく呼ばれたい。そう呼ばれることで、この人の伴侶になったのだと実感していきたかった。

「ろ、ロージー……」

「はい、シヴァ様」

にこりと微笑んで返事をすると、彼は息を詰めて眉根を寄せたかと思うと、ロージーの頭を抱いて大事そうに撫でてきた。

「……ロージー……俺の妻……大事にする……」

頬擦《ほおず》りをして、何度も名前を呼んでくる。

そして、彼の手が腰を這《は》い、鼠径部《そけいぶ》を伝って脚の間に伸びてきた。

下着の中に入り込み、布を押し退《お の》け下にずらしていった。

「俺は貴女に弱い。貴女を目の前にすると意気地を失くすし、情けない男になってしまう」

シヴァが何かを探るように内股をまさぐっていると、指先が秘所に触れる。

しっとりと濡《ぬ》れた秘裂に沿って指の腹を這わせると、ゆっくりとそこに沈めていった。

くちゅ……と卑猥《ひわい》な音が聞こえてきて、シヴァは熱い息を吐く。

「そんな俺に貴女はチャンスを与えてくれた。だから、これからの人生、ロージーのその勇気と優しさに報いるような生き方をしていく」

「……はぁ……あぁン……んっ」

「そう誓わせてくれないか」

愛液を絡ませながら指を上下に動かして、馴染《なじ》ませていった。

喘ぐ声も愛液も止まらない。シヴァの指ひとつ、言葉ひとつに反応して淫らになる。

そんな自分が恥ずかしく、顔を真っ赤に染めながら身体をくねらせる。痴態を見せたくないけれど、シヴァがじぃっと見つめてくるのだ。

ロージーの乱れるさまを脳に焼き付けるかのように、恍惚《こうこつ》とした顔をして見つめられ続けていた。

下腹部がじくじくと甘く疼《うず》く。何かが溜まっていって勝手にロージーの腰を揺らし、シヴァの視線に官能が高まっていく。

指が動くたびに快楽が大きくなる。

気付けば指が蜜口に挿し込まれて、くちゅくちゅと音を立ててかき回されていた。

「……あぁ……はぁっ……ンぁ……あぅ……ひぁンっ」

膣壁《ちつ》を指の腹で撫でつけられ、入り口を丁寧に解していく。

誰も触れたことがないそこは硬く閉じられているのだろう。それでも焦れることなく、無理矢理《むりやり》するこ とこもなく、シヴァは根気強く開いていった。

愛液のぬめりを借りて徐々に柔らかくなっていくそこは、二本の指をくわえ込めるほどになる。

ぐるりと指を動かして隘路《あいろ》を広げ奥へ、また奥へ。

「……あぁ……シヴァ、様……ンぁ……ひぅ……うぅン……んっ」

彼の指は長くて太くて、ロージーの薄い腹など突き破ってしまいそう。

それでも怖くないのは、彼がなおもこちらの様子を窺い見て、少しでもロージーが眉根を寄せたり顔を顰《しか》めるそぶりを見せたら動きを止めてくれるからだ。

注意深く真剣に触れてくれていると分かるから、ただ与えられる刺激に身を委ねることができた。

「……どのくらい解せばいいのだろうか」

ふと、シヴァが言葉を零《こぼ》す。

ロージーとしてはもう十分すぎるくらいだと思うのだが、どうなのだろう。

もう彼の指を根元まで二本咥《くわ》え込めるほどになっているし、中で動かすこともできているようだ。

「もう大丈夫なのではないでしょうか？　試しに……その……挿入《い》れてみますか……？」

遠慮がちに聞くと、彼の眉間に皺が寄る。

「だが、こんなに狭いところに……」

「シヴァ様が広げてくださったではないですか」

「そうだが……貴女は華奢で小さい。だから……」

「た、たしかに身体はシヴァ様に比べたら小さいかもしれませんが、そんな簡単に壊れたりしません！　ぜひお試しください！」

小さいという理由で躊躇われるのは嫌だと、ロージーは食い下がった。

大変かもしれないが受け止めてみせると胸を張る。

「分かった。試してみよう」

シヴァもロージーの意気込みを買ってくれたのか、頷いて賛同してくれた。

ホッと胸を撫《な》で下ろし、「ありがとうございます」と微笑む。

早速彼は中途半端に下ろされていたロージーの下着を脚から脱がし、丸裸にしてきた。

そして自身のガウンも脱ぎ去り、逞《たくま》しい肉体を見せてくれる。

（……わぁ！）

浮き出た筋肉と筋、一切たるんだところがない身体の曲線。どれをとっても美しく、思わず心を奪われる。

不死身と言われるだけあって軍人につきものであろう傷があまりなく、しっとりと汗ばんでいる小麦色の肌がことさら魅力的に見えた。

前髪を掻《か》き上げる姿に、思わず黄色い悲鳴を出しそうになる。

こんな男らしくて蠱惑的《こわくてき》な人に、自分の奥の奥まで暴かれるかと思うと、途端に鼓動が速くなった。

「……あ」

脚を掴まれ、大きく開かれる。

恥ずかしい箇所をシヴァに見せつけるような体勢になってしまい、思わず声を上げて手でそこを隠した。

そうこうしている間に彼は自分の腰をその間に挿し込んで、こちらにくっつけてくる。

指先に熱くて硬いものが当たり、何だろうと目を向けた。

「……っ」

目に飛び込んできたのは、猛々《たけだけ》しいシヴァの屹立《きつりつ》。

長くて太くて、彼のお腹《なか》にくっついてしまいそうなほどにそそり立つ、凶悪なものだった。

（……あ、あれが私の中に？）

大丈夫、試してみてと言ったが、まさかあんな棍棒《こんぼう》のようなものを挿入れようとしているなんて。

彼がある程度は解《ほぐ》してくれたが、さすがにあの大きさは規格外だ。

けれども、怯《ひる》んでいたシヴァを焚《た》きつけた手前、今さらやめるなんてことは言えない。

もし、ここで初夜を完遂できなかったら、シヴァの妻だと胸を張って言えなくなるような気がした。

一回目の人生の未練。

それを完全に昇華《しょうか》できたら、シヴァとの新婚生活が始まる。そう思っているからこそ、どうしても今夜最後まで抱かれたかった。

（大丈夫……！　大丈夫よ！）

見た目だけで怖がって避けてしまうのはよくない。そう学んだばかりのはずだ。

だから、あの凶悪そうなそれだって、見た目は大変な荒くれ者のように見えるが、実際は紳士かもしれない。

持ち主のシヴァがそうなのだ、きっと間違いないはずだ。

……おそらく、多分。

秘所を押さえていた手を退けて、シヴァを迎え入れる意思を見せる。

すると、彼は屹立の穂先を秘裂に押し当ててきた。

「大丈夫か？」

「はい！」

最終確認をされて、ロージーは勢いよく返事をする。

笑みを浮かべて、何も問題ないと大きく頷く。

「ロージー……」

顔の横に置かれていた手を握り締められて、見つめ合いながら、シヴァはゆっくりと自身の腰をロージーに向かって進めていった。

秘裂を割り開き、大きなものが蜜口に侵入してくる。

（……どうしよう……痛い！）

おそらくまだ先っぽしか挿入《はい》っていないはずだ。

それなのに、自分の身体が引き裂かれる感覚が襲ってくる。メリメリ……と音が聞こえてきそうなほどに痛くて、一気に血の気が引いていった。

初めては痛いと聞くけれど、こんなに痛いのだろうか。

これが普通なのか。

この痛みを経て女性は妻となり大人の女性になっていくらしいので、我慢しなければならないのだろうがそれにしても痛い。

思わず悲鳴を上げそうになり、唇を噛《か》み締《し》めた。

（シヴァ様の妻になりたい……！）

その一心でどうにか耐えようとした。

ところが、ふいにその痛みがなくなる。

驚くと同時に安堵したロージーはシヴァを仰ぎ見た。

「……どうして」

「痛いのだろう？」

「だ、大丈夫です」

「大丈夫と答えるということは、痛みは感じているということだな」

「それは……」

シヴァの鋭い指摘に違うと言い返せずに言葉に詰まる。

彼はロージーの頬に手の甲を当てて、スッと撫でつけた。

「顔色が悪い。脂汗も掻《か》いて、見るからに痛々しい様子だった」

「ですが、初めては痛いと言いますし……」

「貴女の許容を超える痛みをわざわざ受け入れる必要はない。……すまない。俺のせいだな。俺が拙いばかりに」

「そんなこと……」

拙いのはロージーだって同じだ。シヴァだけのせいではない。

「無理はやめておこう」

「……でも……初夜が……」

最後までしないと、とロージーは焦燥感に駆られる。

けれども、実際のところ、あれ以上続けられていたら痛みでどうなっていたか分からない。止めてもらえてホッとしたのも事実だ。

先ほどのように構わず続けてほしいと言えなくて、シュンと肩を落とした。

「また挑戦すればいい」

「……はい」

今度は駄々《だだ》をこねずに素直に頷く。

そんなロージーを見て、シヴァは頭を優しく撫でてくれた。

「血とかは出ていないようだが、まだ痛むか?」

真面目な顔をして秘所を検分し、異常はないかと聞いてきたので「大丈夫です」と答える。

彼も安堵の表情を浮かべていて、その顔を見ていたらもしあのまま続けていたらこの人を悲しませる結果になっていたかもしれないとふと考えた。

きっとこれで正解だったのだ。

小さな穴には大きなものは入らない。

また挑戦すればいいと言ってくれたが、物理的に挿入が難しそうなものをどうやって成功させるのだろうか。

どうすればいいのだろうと考えながら脱いだネグリジェや下着を身に着けていると、シヴァがガウンを肩にかけてくれた。

「……貴女がよければ……一緒に寝てもいいだろうか」

頬を染めてそんな可愛いことを聞いてくるので、思わず笑みが零れる。

「もちろんです。一緒に眠りましょう」

ふたりでベッドに横たわると、ロージーは天井をぼんやりと眺めた。

（一度目の時は、こんなふうに一緒に寝たこともなかった）

一度目にできなかったこと。

二度目の人生でできたこと。

それらをひとつひとつ数えて、ロージーはシヴァとやり直せた喜びを噛み締める。

「シヴァ様、お願いがあります」

身体ごとシヴァの方を向くと、彼もこちらを向いた。

「明日、私が起きるまでここにいてください。どこにもいかないで、側にいてくださいませんか？」

前回のように、目を覚ましたらシヴァは王都に向かったと聞かされるのは嫌だ。

無理矢理にでも約束を取り付けて、ここに引き留めておきたい。

せめて、ロージーが目を覚ますまで。

「分かった」

願いを聞き届けてもらえて、ロージーは嬉しくなった。

明日もまた、シヴァに会える。

「おやすみなさい、シヴァ様」

「あぁ、おやすみ、ロージー」


次の日、目を覚ますと約束通り隣にシヴァがいた。

随分と前に目を覚ましたのだろう、ベッドに座りながら書類に目を落としている横顔が目に飛び込んできた。

「おはようございます」

彼の肘の部分の服を指で摘まみ、ツンツンと引っ張る。

「おはよう。よく眠れたか？」

書類から目を離しこちらを見下ろすシヴァは、ロージーの顔を覗き込んできた。

「眠れました。ぐっすりと」

こんなに深い眠りに就けたのはいつぶりだろう。

一回目のときは、シヴァが前将軍を討ち取るために出征したと聞いてから、よくよく眠ることができなかった。

だから、社交辞令とかではなく本当にすっきりとした気持ちで朝を迎えることができたのだ。

しかもシヴァが約束通りに側にいてくれた。二重の意味で嬉しい目覚めだった。

「今日も一緒にいられますか？」

そう聞くと、シヴァはほんのり頬を染める。

「一緒に、いたい」

昨夜の姿は幻ではなかったのだと思わせてくれる、純粋な顔に思わず「一緒にいましょう！」と興奮して大きな声を出してしまった。

「身体は辛くないだろうか」

「大丈夫です。痛いところもありませんし」

シヴァがあそこで引いてくれたおかげで、動けないということはない。

多少の気怠《けだる》さは残っているものの、それも午前中には取れるだろう。

「なら、改めてふたりでこの屋敷の使用人たちに挨拶をしたいのだが、いいだろうか」

「もちろんです」

ロージーをここの女主人として示す意図もあるだろうが、シヴァ自身もここに来て日が浅い。

バティリオーレ領はもともとグライスナー家の領地だったが、爵位返上とともに国に返還した場所でもあった。

シヴァが再びグライスナー伯爵位を賜ったときにこの領地を与えられたので、シヴァにとっては祖先が失ったものを取り返した形だ。

といっても、グライスナー家が没落したのは百年以上も前のことなのでシヴァには馴染みがない場所だろうが。

それでも主人の帰還はバティリオーレ領の領民にとっても嬉しいことに違いない。

昔グライスナー家が使っていた屋敷は長い間国が管理下に置き、綺麗に保ってくれていたようで、すぐに移り住むことができた。

管理人とも結婚式三日前に初めて顔を合わせ、屋敷の状況を把握したばかりだ。

結婚式も終わり屋敷の主が揃ったので、使用人たちを集めて顔合わせをした方がいいだろうとシヴァは言う。

「私もこれからお世話になる皆さんにご挨拶したいです」

実家から連れてきたメアリー以外はまったく分からない。

だから、そのような場を設けてもらうのはありがたかった。

シヴァは朝食前に皆を集めるように管理人に指示をし、その間ロージーは朝の身支度をする。

メアリーが髪を梳《と》かしてくれている間、昨夜のことを思い出しポッと頬に熱が灯《とも》った。

「……あの……昨日は丁寧に身体を手入れしてくれてありがとう。あと、魅力を持っていると言ってくれたことも。……お、おかげで、その……シヴァ様の前で勇気を出せたわ」

勢いのままに突っ走ったが、それでも羞恥を前にして失速したときもあった。

そんなとき、メアリーの言葉を思い出して自分を奮い立たせたのだ。

初夜完遂はできなかったが、それでもあそこまでシヴァと進めたのは彼女の言葉に彼が賛同してくれたから。

魅力的だと言葉を尽くして教えてくれたからだ。

「お身体は大丈夫ですか？　辛くはありませんか？」

「……ええ、大丈夫」

「まぁ！　では旦那様は優しくしてくださったのですね。てっきり怖い人だと思っていたから……」

そこまで言ってメアリーは自分の失言に気付いたのだろう。

おっと、と自分の口を手で覆い、肩を落として「申し訳ございません」と頭を下げてきた。

「私も怖い人だと思っていたから同じよ。でも、実際はとても優しくて……繊細な方だったわ」

純粋で誠実な人でもある。

これから屋敷の人たちもシヴァという人を知って、噂や戦績で踏み固められてしまったレッテルを剥《は》がすことになっていくのだろう。

「このあと、お屋敷の皆を呼んでふたりで挨拶するの。これが終わったら貴女も一緒に行きましょう」

あの優しいシヴァを見たら、皆どんな反応をするのだろう。

驚くのか、それともホッとするのだろうか。

今から楽しみだった。

――ところが。

「皇帝陛下よりバティリオーレ領を賜り新たな領主となったシヴァ・グライスナーだ。お前たちの雇い主となる」

シヴァが使用人たちの前で見せたのは、噂通りの厳格な姿だった。

（……あら？　もしかして緊張しているのかしら）

ロージーと会ったときは緊張して顔に力が入ってしまったために怖くなってしまったと言っていたので、もしかしたら今もそうかもしれないと、ソワソワしながらシヴァの顔を横目で窺った。

彼が口を開けば使用人たちの肩が揺れ、黙れば震える。

怯えられているのが見て取れて、大丈夫かしらと心配になった。

「ロージーです。バティリオーレ領のことを勉強している最中ですので、皆さんのお力を貸していただけたら嬉しいです」

続いてロージーが挨拶をすると、使用人たちは少し緊張が解《ほぐ》れたような顔をする。

そしてまたシヴァが口を開くとピンと背筋が伸びる。

「右から名前と持ち場を言っていけ」

（……軍？）

まるで兵士に指示をするかのよう。

ずっと軍隊に身を置いていた人だから、どうしてもこんな口調になってしまうのだろうかと苦笑いを浮かべた。

緊張感が漂う顔合わせが終わったあと朝食をとったのだが、給仕の者の手がかすかに震えているのが分かった。

年若く経験が浅そうな彼は、どうにかこうにかシヴァの前で粗相しないように気を張っていたのだろう。

それでも緊張には勝てず、ロージーの水をグラスに注ぐときに零してしまった。

「あっ」

給仕と声を重ねて声を上げてしまったロージーは、零れた水が自分のスカートにぽたぽたと落ちていくのを見て目を丸くする。

それを見ていたシヴァの目がすかさず給仕を睨みつけた。

「も！　申し訳ございません！」

つむじが見えてしまうほど頭を下げる給仕は、ロージーではなくシヴァに謝る。声を震わせ、何度も謝る姿は見ていて痛々しい。

「謝る相手が違う」

「は、はい！」

「お前が水をかけたのは俺ではなくロージーだ。最初に彼女に謝るべきだろう」

だが、シヴァが怒ったのは彼の粗相ではなく、その後の振る舞いについてだった。

ロージーを軽んじるような態度に苦言を呈し、正そうとしてくれていた。

怒鳴るわけでもなく冷静な声で諭していたのだが、こめかみがぴくぴくと震えている。眉尻もいつも以上に吊り上がっているのを見るに、怒りを抑えているようだ。

シヴァはロージーが主人として尊重されなかった事に怒ってくれた。

「……奥様、申し訳ございません」

給仕が改めてロージーに謝ってくれたので、「大丈夫よ」と返す。

着替える必要はあるが、多少冷たい思いをしただけなのでこれ以上責める必要はない。シヴァがその役を担ってくれた。

「もうお前は下がれ。そして教育を受け直してくるがいい」

だが、シヴァは今回のことをこれで終わらすつもりはないらしい。

給仕にそう指示し、管理人に「お前が責任をもって教育しろ」と命じていた。

「問題ないと判断したら、再びこの者に給仕させろ」

そして二度目の機会を与える。

このまま給仕の者がクビになってしまうのではないかと思ったが、シヴァはそんな男ではなかった。

「すまないな。不快な思いをさせてしまった」

「いいえ。大丈夫です」

きっと、これまでも軍で部下たちに規律ある姿を見せてきたのだろう。

腕っぷしや見かけの怖さや威圧感だけで従えてきたわけではない。正しくあろうとするその人柄が部下たちの心を掴んできたに違いない。

だから、結婚式にもあんな多くの人たちが駆けつけてくれたのだろう。

今も屋敷に滞在し、シヴァの警護を担ってくれている。

王都を留守にしているのでその連絡役をしてくれる人もいて、総勢十名くらいが残っていた。

「着替えてきますね」

「あぁ。食事は部屋に届けてもらうように言っておく」

「ありがとうございます」

中座して濡れたドレスを着替えに行くと挨拶し、退出する。

部屋を出る前に振り返り、シヴァを見た。

「あとでお屋敷を案内してくださいますか？」

「部屋に迎えに行く」

目元をふんわりと和らげた彼を見て、ロージーは微笑んで「お待ちしておりますね」と弾んだ声を出した。

「災難でしたね。お身体は冷えていませんか？」

部屋に入り、ドレスを脱がせながらメアリーが心配そうな顔で聞いてくる。

「そこまで濡れていないから大丈夫よ。心配してくれてありがとう」

新しいドレスはどれにしようかとふたりで相談しながらいろいろと見ていると、メアリーがふいに声を落とす。

「……旦那様、噂通り怖い方でしたね。本当に昨夜は優しくしてくださったのですか？」

「たしかにさっきは怖かったわね。でも、昨夜は本当に優しかったのよ？」

厳格さを前面に押し出した顔合わせと、給仕への叱責。

初対面の人からすれば、「怖い」という印象しか抱けないのは当然のことだろう。

「先ほども私のことを気遣ってくださったでしょう？　たしかに顔つきや声は厳しいけれども、言葉には優しさが滲み出ているの。それに……」

（私の前では可愛い顔をされるのよ）

最後の言葉は心の中に留めておいた。

あのシヴァの姿は、もったいないから言いたくない。

いつか皆に知られるものであっても、まだロージーが先に知ったという優越感を保っていたかったのだ。

「まぁ、私は奥様が幸せならいいです。ただ、シヴァ将軍と結婚すると聞いてからずっと怯えていらしたのに、大丈夫かと気になって」

「そうよね。心配してくれてありがとう」

結婚する前は怯えていて、メアリーが励ましてくれた。

本当にシヴァの妻など務まるのか、ルイーザの代わりになどなれないと弱音を零していたのだから当然の心配だろう。

「でも、本当に優しい人よ。不器用な人でもあるの」

きっとそれ以外にも別の顔を持っているのだろう。だから、それを知るためにこれからもシヴァと一緒にいたい。

彼の隣に立つにふさわしいと自分で思えるようにしていかなければ。

「このラベンダー色のドレスがいいわ」

少し大人びた色合いのドレスを手に取り、着替えをしてもらう。

鏡の中に映る自分が、以前よりも好きになってきた。


運んできてもらった朝食を食べ終えた頃、シヴァがやってきて屋敷を案内してくれた。

彼もまだ不慣れなようで、少々迷いながらこの広くて歴史がある建物を見て回る。

本館の他に客が使う別館と、使用人たちの部屋がある小さな棟があり、ロージーの実家よりも広くて部屋がたくさんあった。

地下室や屋根裏部屋、庭も二か所あり、管理だけでも大変そうだ。

(こんなに広いお屋敷を私が取り仕切るのね)

考えただけで目が回りそうだった。

「前領主時代から屋敷に手をつけていない。だから、好きなところを貴女の好きなように変えるといい。金は惜しむ必要はない」

「そうですね……雨漏りがある箇所とかは修繕が必要でしょうけれど、その他は管理人と使用人の方たちに聞いて考えてみますね。シヴァ様のお部屋はどうです？」

「特に不便はない。貴女の部屋も好みに変えるといいだろう」

そう言われても一気に変えてしまうのも恐れ多いので、緊急性が高いものから修繕をしていってそこから時期を振り分けていこう。

あまり要領がいい方ではないので、同時進行は難しいだろう。

だからひとつずつ着実にできるように、計画性を持ってやらなければ。

「……貴女はどんな部屋にするんだ？」

「そうですね……。今ある調度品を生かしつつ、私、水色が大好きなので、それを基調としたものにしようかと思います」

「そうか」

どこかシヴァがソワソワしているような気がするが気のせいだろうか。

ためしに彼の顔を密《ひそ》かに観察したが、いつもの凛々しい姿に戻ってしまっていた。

「シヴァ隊長〜」

「馬鹿！　もうシヴァ将軍だろうが！」

次は庭を散策しようかという話になり、外に出ると三人の兵士たちがこちらに向かってやってくるのが見えた。

シヴァに声をかけてきた青髪の若い兵士は手を振りながら声をかけてきて、横にいた彼より少し年上の茶髪の兵士が敬称が違うと窘《たしな》めている。

その後ろを我、関せずといった顔で黒髪の兵士が歩いている。

三人とも背が高く筋骨隆々。近づけば近づくほどに、ロージーに威圧感を与えてきた。

隣にシヴァがいるからなおさらだろう。

顔を上げなければ目線も合わない人たちにあっという間に囲まれて、一気に緊張を高まらせる。

「奥様、おはようございます」

「おはようございます！」

話をしながらやってきたふたりが挨拶をしてくれたので、ロージーも背中をピンと伸ばしたあと深々と頭を下げながら挨拶をした。

もうひとりの兵士にも挨拶をしたのだが、彼は無言でお辞儀をしてくる。そこにどことなく壁を感じてしまう。

（気にしすぎよね。すぐ悪い方に考えちゃうんだから……）

もともと寡黙な人なのかもしれないと気を取り直し、深く考えないことにした。

「シヴァしょーぐんは、今日は稽古に来ないんですか？」

若い兵士は、いまだ『将軍』と呼ぶことに慣れていないのだろう、ぎこちなく呼ぶ姿は見ていて微笑ましい。

「ミラン……将軍は昨日結婚したばかりなんだ。来るわけないだろう？　申し訳ございません、将軍、奥様」

「そうだけどさぁ、シュルツもしょーぐんがどんなときでも稽古を欠かさない人だって知ってるじゃん。だから、こういうときでも関係ないのかなって」

青髪の兵士ミランは、シヴァならそうするだろうと見越して誘いをかけてくれたようだ。

それを聞いていた茶髪の兵士シュルツは慌てた顔をしてミランの口を塞いでいた。

「馬鹿馬鹿馬鹿！　将軍がそんな無神経な真似するわけないだろう！　できうる限り奥様と時間を共にするに決まっている！」

そのやりとりを聞いて、思わずロージーは苦笑いを浮かべてしまう。

一度目のとき、初夜を一緒に迎えずに翌日王都に行ってしまった夫の姿を知っているので、何とも言えない。

もちろんそれには理由があって、無神経どころか過剰に気を遣った結果だと今では知っているが。

それでもシヴァはロージーが寝室に来なかったら今回もここを早々に発《た》つことを考えていただろう。

きっと耳が痛い話だったに違いない。

シヴァの顔が一気に険しいものになっていった。

「……ミラン、俺は当分稽古をしない」

「え？　そうなんですか？　身体なまったりしないですか？」

「安心しろ。数日休んだだけでなまるような腕は持っていない。復帰したらすぐにお前が悲鳴をあげるまでしっかりと扱いてやるから、楽しみにしているんだな」

「え……」

ミランの顔色がサッと変わる。

「……お、俺、しょーぐんと軽く手合わせできればいいんですけど……そんな悲鳴を上げるまでなんて……ねぇ？」

「どうやらお前は俺が無神経な人間だと思っているようだからな。お前に対してだけはそうするように努めよう。……覚悟しろ」

「ひっ」

最後の凄みを利かせた低音と、こめかみを震わせ歯を見せながら浮かべた凶悪な笑みは、ひゅっと心臓が凍り付くほどに怖いものだった。

付き合いの長いミランたちも、そしてロージーもシヴァのその形相に震える。

「シュルツ。それまでお前がこいつの相手をしてやれ。手加減無用だ」

「お任せください、将軍」

そんな酷い！　と叫びながらミランはシュルツに引きずられていく。

その後ろを黒髪の寡黙な兵士が追いかけていった。

「騒がしくしてすまないな」

彼らの背中が小さく見えるくらいになった頃、シヴァが謝ってくる。

「いいえ。にぎやかな方たちですね」

軍人とかかわる機会が今までなかったせいか、怖い人が多いのかと思っていたが、シヴァがその先入観を壊してくれた。

おかげで彼らのことも好意的に見ることができる。

同じ人間なのだから、いろんな人がいて当然なのだと、当たり前のことなのに、ことあるごとに気付かされるのだ。

「あの……私は無神経とか思いませんから、稽古に行っても大丈夫ですよ？」

変に気を遣わせるのも申し訳ないのでそう言うと、シヴァの眉間に皺が寄る。

「……行かない」

少し拗ねたように見えるのは気のせいだろうか。

シヴァがそう言うのであればいいのだけれど……と考えて、あ！　と気付いた。

「私から『今日は一緒に』と言いましたものね。申し訳ございません。そうですね、今日は一緒にいましょうね。それで明日から稽古に行っても……」

「結婚後三日は休みにしている。それが明けるまでは稽古に行くつもりもないし、仕事をするつもりもない」

ガシっとロージーの肩を掴《づか》み、凄みを利かせた顔でそう言ってきた。

行かないと決めているのだからもう言ってくれるなと言わんばかりに。

「……わ、分かりました」

その勢いに気圧されてロージーは頷く。

でも、それならば三日は一緒にいてくれるということだ。

（三日はこの屋敷に留まってくれるということよね）

稽古に行ってもいいと言ったが、やはり心のどこかで恐れは抱いているのだろう。

いつか、シヴァがロージーをここに置いて、ひとりで王都に行く日がくるのではないかということを。

（今後のことについてちゃんと話し合わなくてはいけないわね）

屋敷の修繕よりもそちらの方が先だろう。

（……いえ、待って……それより何より、初夜完遂の方が先よね？）

さらに大事なことに気付き、唐突に焦燥感を覚えた。

結局昨夜はシヴァの男性器がロージーの中に入らないことで失敗に終わってしまったのだが、それからさらに成功に導くために何か手立てを考えなければ。

再度挑戦する機会を設け、初夜をぜひ完遂させたい。

つまりこの三日が勝負になる。

「分かりました、シヴァ様！　この三日はずっと一緒にいましょうね！　私から離れないでください！」

シヴァの腕にしがみ付き、ぎゅうっと抱き締めた。

（今度こそ！　今度こそ今度こそ絶対に成功してみせるんだから！）

そう意気込んだロージーは、シヴァの腕をクイっと引っ張り耳を貸してくれるようにお願いをする。

上半身を傾けてこちらに耳を貸してくれるシヴァに向けてつま先立ちになり、周りに聞こえないように囁いた。

「今夜、初夜の続きをしてもいいですか？」

そう聞くと、みるみるうちにシヴァの耳が真っ赤に染まり、それが顔全体に広がっていく。

コホン、と咳ばらいをしたあとに、彼はゆっくりと口を開いた。

「貴女の身体が辛くないのであれば……俺としても……続きをしたい」

先ほど兵士たちに見せた姿からは想像できないほど小さくて弱々しい声だったが、間違いなくふたりの想《おも》いは一緒だと知ってロージーは嬉しくなった。

「では、今宵《こよい》もよろしくお願いいたしますね」

「こ、こちらこそ……」

昼間、そんな会話を交わし、次こそはきっと上手くいくだろうと確信を持ったふたりだった……のだが、現実はそう簡単ではなかった。


「……どうして挿入らないのっ！」

思わず顔を手で覆い、ベッドの上で蹲《うずくま》ってしまった。

二度目の正直と再び挑んだその夜。

今度こそ胸を張って彼を夫だと言えるようになれるだろうと思っていた。

ところが、いざ挿入となったとき、また小さな穴に大きなものを挿入れることができなくて苦戦することになったのだ。

今回は多少痛くても我慢すると決めていたのだが、また先を挿入れるだけで引き裂かれるような痛みに襲われて中断する。

ここで諦めるのではなく、再び指でロージーの中を広げてみるということも試したのだが、それでも残念な結果になってしまった。

指で弄《いじ》られるのに徐々に慣れてきて気持ちよくなってきたし、緊張も抜けて広がったような気がしたのだが、どうやらシヴァのそれは規格外のようだ。

それとも、ロージーが狭いのか。

「……すまない……俺の……あ、アレが大きいばかりに……」

ふたりの間に気まずい雰囲気が流れた。

「いっそこのまま無理矢理最後までしてみるというのは……！　血が出ようと私が泣き叫ぼうと構わず！」

「できるわけないだろう！　そんなこと！」

いっそのこと勢いでやってしまえば案外うまくいくかもしれないと思い提案したのだが、シヴァに凄い形相で止められる。

顔面に青筋を立てて、とんでもないことだと言い募る。

逆に彼の勢いに気圧されたロージーは、肩を落として「はい」と素直に頷いた。

「……あー……その、なんだ、無理に最後までする必要ないんじゃないか？　俺たちは無事に夫婦になったわけだし、こういうことはおいおいやっていけばいい。だろう？」

シヴァはそう言って慰めてくれる。

たしかにふたりは世間的には夫婦だろう。

国王の許可を得て、神の前で誓った紛《まぎ》れもない夫婦。

けれども、一度目の人生の時、ロージーたちは正式な夫婦だったが、心情的にはそうではなかった。

ただ書類上そうであるというだけの赤の他人。

もし、このまま初夜を完遂できないままなら、あのときの関係に戻ってしまいそうで怖かった。

「……いつか結ばれるときはくるでしょうか」

「いつかは、そうだな」

「私にできることはありますでしょうか。たとえば自分で広げるとか……。あ！　シヴァ様のものを小さくする方法とかはありますか？」

「……そ、それは難しいと思う」

「そうですか……」

考えこむロージーに、気まずそうに目を逸らすシヴァ。

その日は、機を見てまた挑戦しようという話に落ち着いた。

ロージーもできないものは仕方がないと自分を納得させ眠りに就いたのだが、やはりどことなく不安が残る。

最悪の離別を経験したからこそ、たしかな証拠《しょうこ》のようなものがほしいのかもしれない。

ほとんど空白だった夫婦の歴史を少しでも埋めたいと焦ってしまっているだろう。

結局、シヴァが一緒にいると言ってくれた三日の間に初夜が完遂されることはなかった。

昼も夜も一緒にいたが、無理はしないと言った彼の言葉通りに挿入を試みることはなかったし、触れ合うこともしなかった。

一緒にいて、話をして食事をして屋敷や領地を回って、シヴァという人を知る。

それで知ったのだが、どうやら彼は本当に他の人に対して厳しくて冷たい姿を見せているようだった。緊張で顔に力が入っているためではなく、普段からあんな感じなのだそうだ。

淡々とした厳しい命令口調、眉間に皺が寄ったいかつい形相、目元を和らげることも口端を持ち上げることはおろか、頬を真っ赤に染めて恥ずかしがったりすることもない。

まるで石膏《せっこう》で固めたかのように、冷徹な態度を崩さなかった。

それは長年付き合いのある軍の部下たちにも同じようで、あのあとミランとシュルツに会ったのだが、やはりシヴァは同様の姿を見せた。

（顔を赤くしたり恥ずかしがったり慌てたり、柔らかな顔を見せてくれるのは……私にだけ？）

そのことに気付いたとき、自分でも驚くほどに喜んでいた。

ドキドキして、シヴァの言動からますます目を離せなくなってしまったのだ。

何だかんだ、それで満たされた部分があったのかもしれない。

シヴァを知るたびに、ロージーを知ってもらうたびに心の結びつきが深くなっていくような気がするのだ。

だから、彼の言う通りに身体の結びつきがなくても十分なのかもしれないと思うときもある。

結婚して四日目、稽古に出ると言ったシヴァを快く送り出し、ロージーも家政に励むために家令のもとに行き、あれやこれやと相談する。

互いが忙しくなったこともあるのだろう。

一緒にいなくても、変な不安が過ることはなくなった。

（シヴァ様が言うように、いつか、よきタイミングで、よね）

一回目のときよりも遥《はる》かに仲が良くなったことを考えると、焦ることはないのかもしれない。

ロージーはシヴァの妻として、少しずつ胸を張ることができるようになっていった。

第二章

「……どうしたんですか？　将軍。ふたりきりで話したいことがあるなんて、わざわざこんな場所に連れてきて」

状況が状況なだけに落ち着かないのだろう。

シヴァに屋敷の中にある私室まで来いと言われたシュルツは、居心地悪そうに視線を巡らせながら聞いてきた。

「いや、お前に聞きたいことがあってな」

執務机の前に座るシヴァは、両肘を机に突いて顔の前で手を組み難しい顔をする。

正直シヴァとしては、こんなことを部下に聞くのは不本意だ。

できることなら自分でなんとかしたかった。

だが、ことはシヴァひとりだけの問題ではない。

大切な大切なロージーにも関わることなので、早急にかつ確実な答えを得たかったのだ。

「聞きたいこととは何でしょう」

そう思って結婚経験があるシュルツを呼んだのだが、彼に何ごとかと問われた途端、さてどうやって切り出そうかと悩んだ。

自分でも痛みを感じてしまうほどに眉間に力が入り、変な汗が滲み出てくる。

「……先日、ロージーと結婚して初夜を迎えたのだが……」

「なるほど」

そこまで言うと、シュルツは察してくれたのだろう。

スッと真面目な顔になって、前のめりになった。

「結果として言うと……挿入らなかったんだ」

「……挿入らなかったと言うと……将軍のアレがですか？」

シヴァは無言で頷く。

自分で口にするのも恥ずかしさも相まって抵抗があったが、シュルツに言われるとなおさらだ。

しかも彼の視線が何となく下に向いている気がする。

「俺はそういう方面には疎くてな」

「存じております」

「それでも、ロージーを傷つけないよう、痛みを与えないようにと指で慣らし解したつもりなのだが」

「将軍のアレが大きすぎた、ということでしょうか」

ふたりの間に気まずい空気が流れた。

空気を変えるためにシヴァは咳払いをし、気を取り直す。

「それで、だ。こういう場合はどうすればいいのだろうか。既婚者でかつそういった経験が多いであろうお前に聞きたい」

今回、シュルツを相談相手に選んだのは既婚者というのもあるが、彼は身を固める前は浮名を流した人物でもあるからだ。

『貴婦人の愛人』というふたつ名を持つくらいに人気で、閨事に長《た》けている。

さらにこの男、こう見えて口が堅い。

博識で気遣いもでき、しかも剣の腕もたしかだ。

シヴァが信頼できる人間を挙げるとしたら真っ先にシュルツの名前を出すだろう。

まさに相談相手としては最適な男だった。

現にこんな話でも真面目に聞いて考えてくれる。むしろこちらが居た堪《たま》れなくなるほどに。

「そうですね……やはりこういうときは潤滑剤を使うのはどうでしょうか」

「潤滑剤？」

そして的確な答えをくれるのもまたシュルツという男だった。

しかし、潤滑剤とは文字通り滑りをよくするものだととらえていいのだろうか。それを使って、摩擦を少なくし、するりと挿入できるようにするということか。

「なるほど、そういうものを使えばいいのか。……だが、人体に使えるものもあるのか？」

「ありますよ。香りがついているものとかもありますので、全身に塗って楽しむことができます」

「全身……」

よく分からないが、とりあえず閨事用のものがあるらしい。

シヴァが知らないだけで、同じような悩みを持つ者がこの世には案外多いのかもしれない。

「もしよろしければ私の方でご用意しますか？」

「いや、店を教えてくれるだけでいい。自分で調達する。……極めて個人的なことだからな」

部下ではあるが、これ以上こんなことに彼を巻き込めない。

調達くらいは自分でしなければと、店だけ教えてもらう。

聞けば王都にある店にしか売っていないようなので、どこかで赴いて手に入れなければ。

いざというときに使えるように準備しておきたい。

ロージーには焦ることはない、自分たちは夫婦だと言った。

その気持ちに偽りはないが、それでもやはり身体の結びつきがないのはどこか心もとない。

確固たるものがほしいと願うのは、分不相応だろうか。

「上手くいくといいですね」

「そうだな。……すまないな、こんなことを聞いて」

「いいえ。お力になれてよかったです。まぁ、他の者にこの手のことを打ち明けるのは難しいですからね」

新しく将軍になったシヴァには、イメージというものが大事だ。

厳格で指導者としての素質を損なわない姿を見せ、部下たちの信頼を得る。今は特にそれが大事なときだった。

だからこそ、こんな個人的なこと、しかも閨事のことを下手に言いふらすわけにはいかない。

加えて屋敷の人間は出会って日が浅い。

同じくこんなことを頼むほどには信頼関係ができあがっていなかった。

「それにしても、ロージー様と仲睦《むつ》まじいご様子で安心しました」

「……まぁ……そうだな」

シュルツの目から見ても仲良さそうに見えるのかと、シヴァは嬉しくなった。

いろいろと躓《つまず》いてしまったが、どうにかこうにか夫婦として形を成そうとしている。

ひとえにロージーがこちらに踏み込んできてくれたおかげだろう。彼女が勇気を出して寝室にやってくることを選んでくれたから、この喜びがある。

「将軍は昔から可愛いものが好きですもんね。小動物とか、庇護《ひご》欲をそそるもの。ロージー様なんてまさに子ウサギのようで、愛らしくてついめでたくなるような人、まさに将軍の好みですよね」

シュルツに言い当てられて、むぅ……と言葉を詰まらせる。

たしかに彼の言う通りだ。

シヴァ自身、昔から身体が大きくて強面《こわもて》だからか、自分とは正反対である小さくて可愛らしいものに心を惹かれがちだった。

うさぎや猫、子犬など小動物が好きで撫でたり抱っこしてみたいと思っているが、近づくとことごとく逃げられてしまう。

逆に何故《なぜ》かいわゆる猛獣と言われる虎や狼《おおかみ》や、鷲《わし》などに好かれやすく、周りからもそれらと一緒にいた方が似合うとまで言われる始末だ。

可愛らしいものが好きだなんて似合わないと言われる。自分でもそれは自覚していた。

さらに、小動物たちも怖がらせてしまう。

おのずと小動物やそれに似たものから距離を置くようになっていった。

ところが婚約者として現れたロージーは、身長が低く身体も華奢で、目がまんまるで唇がふっくらとしていて、それでいてビクビクと怯えていた。

まるで茶色の子ウサギのようないでたちに、一気に心を奪われてしまったのだ。

こんな小さい人が、こんなに大きな自分の妻に迎えていいのか。

腕の中に閉じ込めてぎゅっと抱き締めただけで潰してしまいそうなほどに儚げで、それでいて可憐で、愛らしい。

だが、子どもっぽいということではない。

たしかに背は低いが、身体つきは成人の女性。

小動物に感じるのは庇護欲と可愛がる心。

けれども、ロージーを見たときはそれ以上の大きな激情のようなものを感じてしまった。

敵を目の前にしても乱れることがない脈が速くなり、体温が一気に上昇していく。手のひらに汗を掻き、そんな自分に動揺する。

それを必死に隠そうとして顔に力が入り、いつも以上に怖い表情ができあがってしまったのだ。

一目惚れというものだ。信じられないが、自分は彼女を見た瞬間に恋に落ちた。

でも今は見た目だけではなく、ロージーのすべてに恋をしている。

勇気、素直さを持ち合わせ、こんな自分にどこまで優しく慈悲深い彼女に惹かれない理由はない。

「抱いてください」と飛びつかれたときは驚きの余り言葉を失ったが、一方でロージーが歩み寄ろうとしてくれていることに感謝したし、自分の情けなさを感じた。

シヴァがロージーに一目惚れしたと言ったときもそれを受け止めてくれた。

怖がられ苦痛を与えるだけだと思っていた自分が、ここにいてもいいのだと言われているような気がして救われてもいたのだ。

「見た目だけではなくロージーのすべてに惚《ほ》れ込んでしまったんだ。こんな俺の妻でいようとしてくれる健気《けなげ》さと優しさ。それに応えたい」

「今自分がどんな顔をしているか分かっていますか？　とても他の者には見せられない顔ですよ」

「……すまない。どうしてもロージーのことになると、顔が緩む」

とくに彼女と一緒にいると、自然と目尻が下がって口角が上がってしまう。

頬を赤く染めて慌てふためく姿も見せる。

戦場でどんな危機に陥っても、どんな強敵を目の前にしても冷静さを失わなかった自分が、妻を前にするとらしくない姿を晒《さら》していた。

「ですが、そういう相手を伴侶として迎えられたことは大変幸せなことだと思いますよ。貴方にそんな相手が現れて、私としては嬉しい限りです」

「そうか？　威厳を損なって見えないか？」

「まぁ、そこはしっかりと顔を引き締めていただくことにしましょう。ですが、そういう方がお側にいたら、簡単に死ねないでしょう？　絶対に生きて戻ってくるという気持ちがひときわ強くなる」

シヴァがいくら不死身と言われようが、誰にも負けない腕を持っていようが、戦場で『絶対』はない。不測の事態に陥り命の危機に瀕《ひん》したとき、最後にものをいうのは『生きよう』とする心だ。

絶対に生きて帰るという想いは、何よりも強い。

戦いの場に身を置いてきたシヴァもそれは分かっていた。

「ロージーが俺にそう望んでくれるのなら本望だ。彼女の望みなら何でも叶えてあげたい」

「なら、今回のことも？」

「そうだな。無理に最後までする必要はないと言うと、ロージーが悲しそうな顔をするんだ。それがどうしても引っ掛かってな。もし、彼女の中でそれがわだかまりとして残るのであれば、解消したい」

もちろんシヴァの中でも、初夜をいまだに完遂させていないことは心残りだ。

だから、ふたりのためにもどうにかしなければ。

「上手くいくといいですね。おふたりの仲睦まじい姿を見せたら、きっと軍の中で燻《くすぶ》っている不満も吹き飛ぶでしょうから」

「……たしかにな」

シヴァは重苦しい溜息《ためいき》を吐いた。

今回のロージーとの結婚には、軍の中の一部の人間が不満を持っている。

前将軍の娘であるルイーザと結婚すべきだという声が多いのだ。

長年続いた戦争は、軍を国民の英雄に押し上げた。

特に前将軍とシヴァは国民の人気が高く、損害を最小限に抑え国に最大限の利益をもたらしたとして皇帝にも覚えがめでたい。

軍がここまで力を持ったのはふたりの功績が大きいからだと言われていた。

それに反発をしたのが宰相だ。

軍の力が大きくなり、政治にも発言力を持ち始めた前将軍は、宰相にとっては邪魔な存在だったのだろう。

彼らの対立が顕著化し、公の場でいがみ合うことが多くなった頃に皇帝は大きな決断を下す。

それが宰相と前将軍の辞任だった。

戦争が終わった今、これ以上の混乱を招くのは好ましくないという判断のもと下された命令。前将軍は抗うことなく受け入れ、シヴァに将軍の座を明け渡す。

ここで問題になったのは、シヴァに爵位がないことだった。

元は貴族の家系だったが、今は爵位を返上してしまったために平民だ。

将軍の地位に就くために爵位は必須ではないのだが、シヴァの功績を称《たた》える意味でも与えた方がいいだろうという話になった。

伴侶もそれなりの地位を持った女性がいいだろうと。

そこで真っ先に名前が挙がったのがルイーザだ。

前将軍の娘を伴侶にすることで、軍の中での結束を深めていこうと声を上げる兵士が多かったのも事実。

ところが、シヴァはそれを断り、他から令嬢を迎え入れたいと申し出たのだ。

たしかにルイーザと結婚すれば軍の結束力は上がるだろう。

だが、それではせっかく皇帝が事態を収束させようとしたのに、それを無為にしてしまうような気がしたのだ。

さらに宰相たちとの分断を招きかねないと危惧をしたシヴァは他の女性を娶《めと》ると決め、前将軍もそれに理解を示してくれた。

そこで紹介されたのがロージーだったわけだ。

それに、納得できない者が軍の中にいるのだ。

どうしてルイーザではダメなのか、軍のことを考えれば彼女しかいないのではないかと詰め寄ってくる者もひとりやふたりではない。

そういう人間に説明をして理解を得ようとしたが、それでも燻っているものがある。

特にルイーザは軍の中では熱狂的なファンが多かった。むさ苦しい男所帯の中に咲く一輪の花。

大人びた顔立ちの凛とした美しさを持つ彼女に心酔する者は、是が非でもシヴァと結婚して軍を支える存在になってほしいと望んでいたのだ。

「先日のエドガーの態度にもそれが出ていましたね。注意はしたのですが、やはりいまだに納得がいっていない様子。あいつは貴方を誰よりも敬愛していますから」

「エドガーか……」

先日ロージーと一緒にいたときに会った三人のうちのひとりだ。

黒髪で寡黙な彼はロージーに対し、あまりいい態度を取っていないことが見て取れた。

認めない。そう暗に言っている彼の姿に思うところがあったが、ロージーは気にしていない様子だった。

あそこで変に咎《とが》めれば彼女が気にするかもしれない。そう思って見逃したが、さてこれからどうするべきか考えものである。

「もし、ロージーを傷つけるような真似をするのであればそのときは容赦しない。それは俺からも忠告しておこう」

皆に無理矢理呑《の》み込めとは言わない。

不満を持つのは彼らの権利だ。だから上から抑え込むようなことはしないが、それでも理解を示すように指示するつもりだ。

その上で、怒りの矛先をシヴァではなくロージーに向けるつもりなのであれば容赦はしない。

「シュルツ、明日さっそく王都に向かう。早朝に出て一昼夜馬を飛ばせば明日の真夜中には戻ってこられるだろう」

「例のあれを買いに行くんですね」

「……そうだ。できるだけ早い方がいいかと思ってな」

「分かりました。ロージー様の護衛はお任せください」

「何かと苦労をかけるな」

こんなに頼ってもいいのだろうかと申し訳なくなるが、シュルツは「とんでもない」と笑顔を向けてくれた。

椅子から立ち上がり部屋を出て行こうとする。

その背中を見つめて見送っていると、不意にシュルツがこちらを振り返った。

「私は、貴方がひとりで戦う姿に憧れ、惚れ込んでお側にいることを決めました。でも、その姿を危うく思うこともある。きっと貴方は大義のためならひとりで死ぬことも厭わない人だから」

フッと寂しい笑みを浮かべたシュルツだったが、次に見せた顔はどこかすっきりしたものだった。

ホッとした、そんな顔を見せる彼に目を丸くする。

「だから ロージー様のために何かをしようと奔走する貴方の姿を見て、安心しました。今ならきっとひとりで死のうと思わないでしょうからね」

そう言い残して彼は今度こそ部屋を出て行った。

(ひとりで死ぬ、か。たしかに以前だったら、そのために自分がいると信じ、迷いを持たなかっただろうな)

命を粗末にするつもりではないが、それでも自分を使って勝ちを得たり守ることに躊躇いを持たなかっただろう。

けれども今は、その選択に迫られたときに必ずロージーのことが頭に浮かぶだろう。

簡単には死ねないと強く思い、絶対に帰るための道を死に物狂いで模索するはずだ。

いわばロージーは命綱。

シュルツはそういう相手を妻に迎えられて幸運だと言いたいのだろう。

同感だ。

私室を出てロージーの部屋へと行く。

すると彼女はそこにはおらず、シヴァはさっそく探し始めた。

すれ違う使用人にロージーの行方を聞き、庭へとたどり着く。どうやら彼女は使用人と散歩をしているらしい。

辺りを見渡して探していると、何やら女性のはしゃぐ声が聞こえてきたのでそちらに足を向けてみた。

「ロージー」

しゃがみ込んで何かをしているらしい彼女の後ろ姿を見かけて声をかける。

「あ！　シヴァ様！」

するとロージーは振り向き、シヴァの姿を認めた途端にパッと顔を明るくした。

「見てください！」

立ち上がり、こちらに駆け寄ってくる彼女の腕の中にいるもの。それを見てシヴァは目を見開く。

「迷い込んだようで子猫がいたのです！　可愛いでしょう?」

ふわふわの白い毛に青い目を持った小さな子猫がそこにいたのだ。

可愛くて愛《いと》おしいロージーが、これまた小さくて可愛い子猫を抱いている。

（……か、可愛すぎるっ！）

可愛いと可愛いの共演に、グッと胸が鷲掴《わしづか》みされた。

「メアリーと親猫を探しているのですが見つからなくて。もしかするとひとりでここまできたのかもしれません」

ロージーは「心細かったわね」と、眉尻を下げて慈愛の目で子猫を見つめる。その姿に骨抜きにされて、思わず崩れてその場に膝を突きたくなる。

さらに、彼女の言葉に応えるように子猫が「にゃう」と鳴くのだから堪らない。

一生眺めていたい光景が目の前にあった。

「抱っこしてみてください、シヴァ様。この子、凄く人懐こくていい子なんですよ」

ほら、と子猫を目の前に差し出されたが、シヴァは受け取るのを躊躇った。

小動物は好きだが、誰よりも小さき命と一緒にいる姿が似合わないと言われているシヴァが、はたしてこの子猫を受け取ってもいいのだろうか。

手にした瞬間怯えられたり、怪我《けが》をさせてしまわないか不安になる。

ところが、そんなシヴァの気持ちを察したのか、ロージーがシヴァの手を取り子猫を乗せてくる。

てのひらの上にちょこんと乗った子猫の存在を感じながら、動けなくなった。

「大丈夫ですよ」

彼女の言葉に、フッと肩の力が抜けていくのが分かる。

怯えもせず逃げもしない子猫を見て、シヴァの心がほんわりと温かくなった。

「可愛いでしょう?」

「……あぁ、そうだな。凄く可愛い」

するりと同意の言葉が出てくる。

これまでどんなことがあっても自分の口からそんな言葉を吐くことはなかったのに、ロージーを目の前にしたらそんなことはどうでもよくなる。

ふわりと微笑み嬉しそうにする彼女のその顔を見られるのなら、自分の矜持《きょうじ》などどうでもいいと思えてしまうのだ。

「親猫が見つからないのであればここで飼うか？」

「いいのですか？」

「あぁ、もちろん」

シヴァの提案に喜んだロージーは、「ありがとうございます！」とお礼を言ったあとに、子猫に「よかったね」と微笑みかけていた。

名前はどうしようか、猫のおもちゃなどは必要だろうかと話し合う。

厨房《ちゅうぼう》に子猫用の餌も用意してもらわなければならないし、こんなに部屋があるのだ、ひと部屋くらい子猫用にしてもいいかもしれない。

「シヴァ様は猫が好きなのですか？」

不意にそう問われて、少しドキリとした。

「……あぁ。小動物とか好きなんだ。だが、似合わないだろう？」

苦笑いをすると、彼女は首をふるふると横に振る。

「似合わないなんてことありません。子猫を大事そうに手に乗せている姿を見て……とても可愛らしかったです」

「……か、可愛らしい？」

「あ！　その……こんなことを言われるのは嫌かもしれませんが、可愛らしく見えて……」

嫌ではないが少し驚いてしまった。

次から次へとロージーの口から自分には似合わない言葉が飛び出してきて、こんな自分が本当にそんな風に見えるのかと戸惑う。

「たしかに貴女の前では情けない姿ばかり見せているからな……」

思い返しても自分でも信じられないくらいに間抜けだった。

だから、そんな風に思われても仕方がないだろうと考えた。

「情けなくなどないです。そうですね……あ！　親近感が湧くお姿、と言いましょうか。シヴァ様が普段はお見せにならない姿は、いつも以上に親しみを覚えます」

「貴女は優しいな」

きっとそんな言葉をくれるのはロージーくらいなものだろう。

一歩間違えれば将軍らしくない姿、男らしさに欠ける姿に幻滅してしまう女性もいるだろう。それなのに好意的に見てくれるとは。

「子猫に名前をつけてもいいですか？」

「あぁ、そうしよう」

「なら、シヴァ様も一緒に考えてくださいね」

「俺もか？」

一緒に考えるのはやぶさかではないが、これまで愛馬の名前を考えるくらいのことしかしてこなかったので、こんなに小さくて愛らしい子猫に似合う名前を自分にひねり出せるだろうか。

「一緒に考えるのが楽しいんですよ」

ただそれだけでいいのだと言われ、シヴァの顔は自然と綻んでいた。

しばらく一緒に親猫を探したのだが見つからず、屋敷で飼うことになったのでさっそく餌や寝床を用意してもらった。

ロージーが自分の部屋で面倒を見たいと言うので、彼女の部屋に運ばせる。

山羊《やぎ》の乳を小さい舌を伸ばしながら懸命に飲む子猫を眺めながら、ロージーと一緒に名前を考えていた。

「ルチアというのはどうですか？　響きが可愛らしいです」

「だが、あの子は雄のようだぞ？」

「え！　そうなのですか……。なら……トーアはどうですか？」

「いいな。大きくなったら、凛々しい雄猫になりそうだ」

眉根を寄せて悩ましい顔をしている姿も、思いついてぴょこっと眉が上がり、ぱぁ！　と明るくなる顔も、花が綻ぶような笑みも見ていて飽きない。

いつまでも見ていたいと思うほどだ。

もともと彼女に一目惚れをして始まった恋だったが、日に日にこの心は虜《とりこ》になっていく。

幸せにしたいと思う。

自分のすべてをもって。

大切にしたい。

生涯をかけて。

もし、今後シヴァが戦争に行き一緒にいられなくなってしまったとしても、ロージーの幸せだけは守っていきたいという決意が強くなっていく。

これが愛なのだとしたら、無限に溢れるこの想いはきっと果てることはないのだろう。

どこにいても何をしていても、ロージーの幸せをただ考える。

「明日の未明、王都に向かう」

「……え？」

一日屋敷を留守にすると話すと、サッとロージーの顔色が変わった。

真っ青になり、何かに怯えるように瞳が揺れる。

「……大丈夫か？　俺がここを離れると何か不都合なことでもあるのか？」

その姿があまりにも可哀想《かわいそう》になるほどだったので、ただごとではないと慌てて彼女の顔を覗き込んだ。

そんなに嫌だっただろうか。

こういうときどんな言葉で慰めればいいのかと頭を巡らせるも、適当な言葉が出てこない。

すると、ちらりとロージーが不安げな目をこちらに向けてきた。

「……何をしに行かれるか聞いてもいいですか？　いつお帰りになるのかも」

「欲しいものがあってな。王都にしかないらしいから、急いで買って明日の真夜中には帰ってくるつもりだ」

「明日の真夜中？」

「あぁ、そうだ」

屋敷を空けるのは一日だけだと分かり安心したのか、ホッとした顔をし、顔色も戻ってきた。

「分かりました。でも、一日で王都を往復するとなると、馬を走らせて行かれるのですよね？　危険ではないですか？　ゆっくりでも……」

「いや、俺が早く帰ってきたいんだ、ここに。……貴女がいるこの屋敷に」

離れている時間が惜しい。

だから馬を走らせて行ってくるのだが、ロージーはそれよりもシヴァの身を案じてくれているようだった。

「ちゃんと帰ってくる。危なくないようにな」

「お待ちしておりますね」

表情は明るくなったものの、どこか寂しそうに微笑む。

そんな彼女が健気で愛おしくて、シヴァは近くにあったロージーの手を握り締めた。

「トーアと一緒に待っていてくれ」

「はい！」

嬉しそうに返事をするロージーの手をさらに握り締めようとして、握りつぶしてしまうかもしれないと力を緩めた。

その代わりに彼女の頬を撫でる。

溢《あふ》れ出《で》てくる愛おしさを指先に乗せて、傷つけないように愛でた。

「子猫の名前、トーアで決まりですか？」

「そのつもりだったんだが、違ったか？」

「いいえ。シヴァ様も気に入ってくださったのなら、トーアがいいです」

「なら、トーアだな」

山羊の乳を飲み終えて床に転がっているトーアを抱き上げ、ロージーの膝の上に乗せる。

その光景を見ていると、やはり明日王都に行くのが惜しくなってきた。いつまでも眺めていたかったが、ロージーとの未来のためだと未練を呑み込む。

その日の夜は、ロージーがトーアも一緒に寝てもいいかと言うので問題ないと答えた。

するとトーアは他の小動物とは違って恐れを知らないのか、シヴァの腹の上に乗り、両の前足を懸命に踏み踏みしながら寝床を作っていた。

気が済むと当然のようにそこで眠ろうとする。

「……お前、本当にそこでいいのか？」

思わずトーアに聞いてしまったが、そんなこと気にしていないとでも言うように構わず腹の上で寛《くつろ》ぎ続けていた。

「シヴァ様の近くが一番安全で安心できる場所だと知っているのですね、トーアは」

フフフと微笑むロージーはトーアの頭を優しく撫でて、こちらもこちらで満足そうな顔をしている。

おかげでこの小さき命を寝ている間に潰さないようにと気を張って眠ることになったが、感じたことがない幸せで満たされていた。

◇◇◇

目を覚ましたらすでにシヴァの姿はなく、代わりにトーアがいた。

一回目のとき、初夜を一緒に迎えることなくひとりで眠ったあの日の翌朝も、こうやって寂しい思いに胸を締め付けられたことを思い出す。

けれども、あのときと違うのは、シヴァが必ず帰ってくると分かっていること。

彼が「待っていてくれ」と言ってくれたこと。

ロージーはその言葉を支えに待つことができるという点だった。

「トーア。今日はずっと一緒よ」

目を開けてこちらにやってくるトーアを腕の中に抱き寄せて頬擦りする。

そうだ、この子も一緒なのもあのときとは違う。

大丈夫。ちゃんとシヴァは帰ってくる。

王都に行ったまま帰ってこないなんてことはない。

燻る不安をどうにか宥めてベッドから抜け出す。

まだ日が昇って時間が経っていない。

「長い一日になりそうね」

窓の外を眺め、ロージーは呟いた。


「おはようございます、奥様。今日は私が将軍に替わって護衛させていただきます」

朝の身支度を終えて部屋から出ると、廊下に以前会ったことがあるシュルツが立っていた。

恭しくお辞儀をして挨拶をしてくれる。

「……護衛？」

どうして護衛が必要なのだろうかと首を傾げた。

屋敷に危険が潜んでいるわけでもないだろうに、わざわざロージーを守る必要はないのではと戸惑う。それともロージーが知らないだけで危険があるのだろうか。

「ええ。将軍は奥様のことを誰よりも大事に思っておりますから、自分がいない間に不測の事態に陥ってもすぐに対処できるように、側で守ってほしいと私に託されていきました」

「そうですか。なら、今日一日よろしくお願いいたします」

ロージーもぺこりと頭を下げる。

シヴァほどではないが、それでもシュルツはロージーよりも頭一つ以上背が高い。

肩口くらいに切りそろえられているキャラメルブラウンの髪の毛をひとつに結んだ彼は、社交界では大層ご婦人方に人気だっただろうと思うほどの色男だ。

すれ違う使用人たちが彼に見蕩れている。

そして側にいるロージーを恨めしそうに見つめるのだ。

シヴァと一緒にいるときは畏怖と好奇、シュルツといるときは嫉妬と興味の視線を集めてしまう。

何となく居心地が悪くて、せっかく護衛としていてくれる彼に話しかけることを躊躇ってしまった。

そんなロージーの遠慮を感じ取ったのだろうか。

「奥様、本日の予定を聞いてもいいですか？」

シュルツの方から話しかけてくれた。

「きょ、今日はお屋敷を見回って修繕箇所の確認をしていきます。そのうえで優先順位を決めていきたいと思っています」

ついでに屋敷の使用人たちの顔を覚えて要望などを聞いて、これからどうしていくのか考えたい。

「まずはこちらの本館から回りますね」

「お供いたします」

「ですが、外に出るわけではないので、ひとりで大丈夫ですよ？　メアリーもいますし」

「それでもお供させてください」

シヴァに任されているからだと言われたら、何も言い返すことはできない。

嫉妬と興味の目に晒されながら歩くことを決意し、「それでは行きましょう」とスカートを翻した。

本館の次は別館、使用人が使う棟と回り庭へと足を運ぶ。

いくつか直さないといけない箇所はあるが、管理人が綺麗にしてくれていたおかげで大金をはたいて修繕する箇所は見当たらない。

割り当てられた屋敷の維持費内でどれも収まりそうだ。

ならば、いつでも客を招けるように装飾に注力した方がいいだろうかと考えていた。

そんなとき、ふとどこかから話し声が聞こえてくる。

「――しょーぐん、王都に行くって言ってたけど何しに行ったんだろうな」

「決まっている。ルイーザ様に会いに行ったんだ」

（……え？）

話の内容に驚き、声の出所をきょろきょろと探した。

「お、奥様！　あの、これは……」

シュルツも話し声に気付いたようで、気まずそうな顔をしてこちらの注意を逸らそうとしていた。

だが、話の続きが気になるロージーは、しぃっと唇に人差し指を当てて静かにするように言う。

「何でルイーザ様？　呼ばれてんの？」

「そうじゃなくて、王都を空けて久しいからな。ルイーザ様にそろそろ帰ると報告でもしているんだろう。それに、やはりあのお嬢さんよりルイーザ様の方がいいと将軍も実感されたんじゃないか？」

話をしているのは以前あったミランという兵士と、名前は知らないが黒髪の寡黙な兵士だ。

訓練中の休憩時間なのだろう。

地面に座り込み、剣の手入れをしながら話をしていた。

ロージーたちは生垣の向こう側にいて、彼らがこちらに背を向けているために気付かれていない。

彼らの話の中で気になる単語がいくつもあったが、とりわけロージーの興味を引いたのは「そろそろ帰る」という部分だった。

（……王都に帰る？）

あれは今回の一時的な帰還を指し示しているのではないのだろう。

生活の拠点をここではなく王都にするために戻ると言っているように聞こえる。

そして、今日王都に向かったのは、そのための下準備だと。

「ええー！　しょうぐん、奥様にメロメロって感じだったぜ？」

「今はそうかもしれないが、そのうち気付く。ルイーザ様と一緒にいた方が軍にとってもいいし、将軍自身も落ち着けるだろうと」

「そうかなぁ？」

「そうだ」

彼らの応酬を聞きながらロージーは考え込む。

眉根を寄せて、唇を無意識に噛み締めていた。

心のどこかにあった不安が大きくなる感覚がつらい。どうにかこうにか萎《しぼ》めようとしても、なかなか上手くいかなくてじわりと汗が滲み出た。

「……奥様、これはあのエドガーが勝手に言っていることで……」

「本当ですか？」

「え？」

「シヴァ様は近々王都に戻るおつもりなのでしょうか」

シュルツが何かを言いかけていたが、それを遮ってどうしても気になることを尋ねる。

シヴァがこれからのことをどう考えているのかが知りたい。

ロージーはずっとここに一緒にいるものだと思っていたが、違うのだろうか。

「それはもちろん、あの方は将軍ですから。王都を空けるわけにはいきませんからね。今回の滞在も長いくらいです。方々からいつ帰ってくるのかと催促が……。あ！　で、でも、ルイーザ様がどうこうということはありませんから！　今回だって手に入れたいものがあるから王都に向かっただけですし……」

誤解しないでほしいとシュルツは懸命に言い募っていたが、後半の部分はもうロージーの耳には届いていなかった。

考えてみればその通りだ。

将軍であるシヴァが長い間王都を留守にしていいはずがない。

領地を持っていたとしても軍の指揮を執るために王都に暮らすに決まっている。

（……どうして私、ここにずっと一緒にいられると思っていたのかしら）

ずっと頭の中にシヴァが王都に行ってしまったらおしまいだと、別れが来るのだという考えがこびりついていた。一度目がそうだったからだ。

だから、今もなお、ここにいてくれる彼を見て、ずっと一緒にいられると思い込んでしまったのかもしれない。

（シヴァ様は私を王都に連れて行ってくれるかしら……）

問題はそこだ。

もし、ロージーはこのままここにいてくれと言われたら、そのときもまた彼の死を手紙で知ることになるのだろうか。

そういえば、今思い出したが、あのとき訃報とシヴァの最後の手紙を届けてくれたのはシュルツだったかもしれない。

衝撃が大きすぎて曖昧だが。

「……え？　あ！　奥様……」

呆然としていると、ミランがこちらに気付いて声を上げた。

彼を見ると中腰の状態で立ち上がり、驚きの表情を浮かべている。もうひとりの黒髪の兵士は平然とした顔でゆっくりとした動作で立ち上がり、小さく頭を下げた。

「あ、あの、さっきの話は……」

ミランは言い訳を考えているのだろう。先ほどの言葉は本心ではないとでも言いたげだ。

たしかに彼は黒髪の兵士の言葉に疑問を持って聞き返したので、そう思っていないのだろう。

けれども黒髪の彼はどうだろうか。

今もロージーを冷ややかな目で睨みつけ、何か言いたげな顔をしている。

かち合った視線を外すことなく、ロージーは彼と対峙《たいじ》した。

「貴方の名前をお聞きしてもいいですか？」

「エドガー・ランスタッドです」

エドガーの眉尻がぴくりと跳ね上がったのが分かった。

ここで逃げずに立ち向かってくるとは思わなかったのか、それとも単に不快に思ったのか分からない。だが、彼の言葉を真に受けて、逃げるわけにはいかない。

シヴァが何をしに王都に行くのかを話してくれたこと、帰ってくると言ってくれたこと、待っていてくれと言ってくれたこと。

それらを疑って傷つくなんて馬鹿らしい。

「では、エドガーさん。敢《あ》えてここで言わせていただきます。貴方がどう思おうと勝手です。それを私が咎めることはできないでしょう。ですが私は貴方の上官の妻です。そこに対しては敬意を示し、たとえひと気がない場所であっても、言葉にしないという配慮を持つべきではありませんか」

だからエドガーに思っていることをぶつけた。

不満を持つのは仕方がない。

ずっとシヴァの妻になるだろうと思われていた人を差し置いて、ぽっと出の令嬢が結婚したのだから。人気が高かった前将軍の娘がないがしろにされたと思えばなおのこと、納得いかないこともあるだろう。

これからロージーが、エドガーたちに向けてシヴァの妻にふさわしいと思われるような姿を見せなければならない。

だが、誰が通るかも分からない場所で話すのはまた別の話だ。

下手をすれば、今の話はシヴァの評判を貶めるものになる。

そんな話をおいそれとするべきではないだろう。

「申し訳ございません」

エドガーは形だけかもしれないが、ロージーに謝罪をしてくる。

謝ってもらえたらこれ以上ことを荒立てるつもりはなかったので、ロージーはこれで手打ちにするつもりだった。

ところがエドガーの方は気が済まないらしい。

「ですが、ロージー様も思いませんか？　シヴァ将軍の妻は自分には荷が勝ちすぎていると」

痛いくらいに真っ直ぐな質問をしてきて、毅然《きぜん》としたロージーの態度を突き崩そうとしてきた。

何とも意地悪な質問だ。

だが、まっとうな質問でもあると痛感してしまう。

「正直、今はそう思います。私にその役目を担えるのか、期待に添えるのか不安はあります」

ここで強がっても意味はない。

誰だってロージーを見ていれば分かることだ。

「でも、私は後悔しない生き方をすると決めた。そのためにはエドガーさんのその懸念に対し、逃げの姿勢を取るわけにはいきません。私も、シヴァ様も、そして周りの方にも納得してもらえるような姿を見せていこうと思っています」

それでも時が戻ったときに胸に秘めた決意は変わらない。

後悔をしない生き方をする。

これは周りにどう言われても、どんな陰口を叩かれても変えたくない。変わりたくなかった。

「どうぞ見守っていてください。いつかその荷に似合う女性になれるように、怠ることなく邁進《まいしん》いたしますから」

恭しく淑女の礼をとり、その場を離れる。

シュルツがその後ろを追いかけてきて、「奥様」と焦った声で話しかけてきたが、「部屋に戻りますね」と笑みを浮かべて返した。

「あいつらのこと、本当に申し訳ございません。奥様のおっしゃる通りです。いえ、軍に属している以上、上官の結婚に口を出すなど言語道断です。私の方からもきつく言っておきますので……」

「大丈夫です。先ほど私の方で言いたいことはちゃんと言いましたから」

だから、エドガーの言葉に落ち込んではいない。

「私、部屋で休みますのでひとりにしていただけますか?」

「……は、はい」

これ以上何も言ってくれるなと暗に訴えているのが分かったのだろう。

シュルツは何か言いたげな顔をしながらも引き下がり、ロージーは部屋に入っていった。

パタン、と扉を閉めて、カウチの上で眠るトーアに駆け寄った。

「トーアぁ……」

うるっと目を潤ませてトーアを抱き締める、ふわふわの身体に頬擦りをする。

「どうしよう……シヴァ様、私をここに置いて王都に帰るつもりだったらどうしよう……」

本当は分かっている。

どうしようも何もない。ただ、自分も連れて行ってほしいと言えばいいだけだ。

……けれども、どうしようもない理由で王都に連れて行けないと言われたらどうしたらいいのか。

それが不安で仕方がない。

例えば領地運営に携わってほしいと願われたり、何かしらの理由で王都にロージーがいると不都合なことがあるとか、こちらがあずかり知らない理由があるのかもしれない。

はたしてそれを言われたとき、ロージーに彼を説得できる力があるだろうか。

一緒にいたいからという理由だけで、連れて行ってくれるのか。

ひとりで考えても詮無いことだと分かっているが、シヴァが帰ってくるまでまだ時間がかかる。

彼に直接問いただすまで、この悩みは尽きないだろう。

(こうなったら、やっぱり無理やりにでもシヴァ様と繋がるしかないわ)

万が一離れることになっても少しでも繋がりを感じられるようにしたい。

初夜を完遂させ、名実ともにシヴァの妻となる。

手紙のやりとりはまめにして、何かあればすぐに王都に行けるように下準備をしておいて、社交界シーズンになったら真っ先に行こう。

その前に、ロージーの素直な気持ちを言わなければ。

「緊張する……。トーア……私……シヴァ様とずっと一緒にいたいわ……」

夜までが長い。

時間が過ぎるのがいつもより遅くて、それが辛くて苦しくて泣いてしまいそう。

「あなたがいてくれてよかったわ、トーア」

今の救いはそれだけだった。

食事が喉を通らず、ひたすらトーアにくっついてシヴァを待つ。

言っていた通り、シヴァは真夜中に帰ってきた。

馬の蹄《ひづめ》の音で気付き、思わず窓にかじりつく。すると、もう見慣れてしまった大きな身体が馬から下りるのが見えて、急いで部屋を飛び出した。

「おかえりなさい！」

寝間着のまま玄関まで走っていき、ちょうど管理人に外套《がいとう》を預けているシヴァが目に入る。

勢いのまま彼の胸に飛び込み、首にしがみ付いた。

「ろ、ロージー？」

戸惑う声が聞こえてくる。

管理人も見ているけれど、それでも構わないとロージーはシヴァに抱き着き続けた。

「起きていたのか」

「はい。ずっとずっと、帰ってくるのを待っていました」

シヴァの顔を見たからだろうか、一気に張りつめていたものが緩んでいった気がする。

涙腺が緩んで、涙が出てきそうになった。

「お怪我はありませんか？　疲れては……いますよね？　今湯あみの準備をさせますので！」

まったく顔に疲れが見えない彼だが、一昼夜馬を飛ばしてきたのであればきっと疲労はしているはずだ。気付かないだけかもしれない。

今すぐ彼の真意を確認したい気持ちもあるが、それよりも労わる方が先だ。

「お腹は空いていませんか？　お食事を先に済ませます？」

「落ち着いてくれ。どうしたんだ？」

「いえ、お疲れかと思って……」

それもあるが、シヴァがちゃんと帰ってきてくれたことが思っていた以上に嬉しかったようだ。

加えて、真意を聞けると思うと緊張してしまい、余計に口数が多くなっているのかもしれない。

食事は必要ないので湯あみをしたいとシヴァが言うので、さっそく使用人にお湯を用意してもらった。

「欲しいものは買えましたか？」

彼と一緒に部屋に向かう途中に聞いてみると、シヴァは少し戸惑った様子を見せ、目元を赤く染める。

「……あぁ、ちゃんと手に入った」

「それはよかったです。人に任せず、ご自分で買いに行ったということは、きっと大事なものなのでしょう？　無事に手に入って何よりです」

それが何なのか気になるが、言わないということは極秘のものかもしれない。

無理に聞き出すことはできない。けれどもどことなく、ようやくシヴァとの距離が縮まったのに、少し離れてしまったような気持ちになった。

「今日、シュルツさんから聞いたのですが、シヴァ様はいずれ王都に帰られるのでしょうか？　ここには居を移さず、王都のお屋敷に住み続けると」

ふたりで落ち着いて座っているときに話を切り出そうと思っていたのだが、待ちきれなかった。早く答えがほしいと気持ちが急いて、どうせ湯あみの準備が整うまで時間があるのならと切り出す。

「そうだな。さすがに王都を留守にすることは皇帝陛下が許さないだろう。近く戻るつもりでいる」

やはりそうなのだと息を呑む。

分かっていたが、彼は王都に行ってしまうのだ。

そこだけは二回目であろうとも変えられない。

「……あの……私はそれについていってもいいのでしょうか？」

「え？」

戸惑い聞き返すシヴァの逞しい腕を掴み、ぐいぐいと引っ張りながら彼の部屋に向かっていく。

部屋に入ると、ちょうど使用人が浴槽にお湯を溜めていたところで、それが終わるのを無言で待ち続けた。

シヴァはそんなロージーを戸惑いの目で見ていたが、さすがに人がいる前では話せない。

ようやく使用人が出ていくと、すぐにシヴァの方を向いて近寄り先ほどの続きを始めた。

「シヴァ様が王都に行くとき、私はそれについていってもいいのでしょうか？　それともここに残るべきだとお考えですか？」

どう考えているのか、今ここで答えがほしいと詰め寄る。

あのあと、いろいろと考えてしまったのだ。

この屋敷を好きに変えていいと言ったのは、これからはロージーがひとりでここに住むのだからという意味合いが含まれていたのかもしれないと。

けれどもこれはあくまでロージーの憶測だ。

だから、シヴァの口からはっきりと聞かなければ。

まっすぐ目を逸らさずに答えが出るまで彼を見つめ続けると、シヴァは難しい顔をした。

「正直、迷っている」

その答えに、ズキリと胸が痛み、「どうして」と口の中で小さく呟く。

「俺たちの結婚は、俺の爵位復活に伴う箔《はく》付けのためのものだ。だが、もう一方で前宰相との間にできてしまった溝をこれ以上深めないようにするためでもあった」

前半の話は承知していたが、後半の話は初耳だ。

詳しく聞かせてほしいと身を乗り出す。

「俺と前将軍の娘であるルイーザとの結婚の話が出ていたが、それを断ったのは俺だ。たしかに彼女と結婚すれば軍の結束力が上がるだろうが、戦争が終わった今、俺たちは政治もしていかなければならない」

特に戦うことで存在意義を示し続けてきた今の軍には、これからそれがどんどん重要になってくるだろうとシヴァは言う。

「だから、貴族の令嬢と結婚することを望んだ。だが、軍の中から反発の声が多くてな。いまだに貴女との結婚に納得していない者もいる」

たとえばエドガー。

真っ先に彼の顔が頭に浮かんだ。

「王都に行けば、反発を目の当たりにするだろう。どんな形であれ、それが貴女を傷つけることになるかもしれない。俺のことで苦しませるのであれば、ここに残った方がいいのかもしれない。そう思ったんだ」

分かっていた。この人は優しい人だと。

けれども今はその優しさが痛い。

「……シヴァ様が私を守ろうとする気持ちは嬉しいです。感謝もしています。ですが、守りすぎて私から成長する機会を奪わないでください！」

話しているうちに興奮して、叫びに似た声が出てしまった。

けれども心からの叫びだ。

きっと彼はロージーを弱いと思っている。

トーアと同じくすべてにおいて守ってあげなくてはいけない存在だと考えているのだろう。

「私、今日の昼間にある兵士から言われました。シヴァ様の妻という立場は荷が勝ちすぎているのではないかと」

「誰がそんなことを！」

「そんなことはどうでもいいです。そう言われても仕方がないと覚悟の上でしたから。ですが、私は彼に『今はそうかもしれないが、いつかはその荷を背負うのにふさわしい人間だと思わせてみせる』と言ったんです」

もしここにひとりで残ることになれば、エドガーに言った言葉は嘘になってしまう。

やっぱり無理だったんだと鼻で笑われてしまうだろう。

「だから私に証明する機会をください。成長する糧をください。守ることで私から機会を奪わないでください！」

二度と便りを待つだけの生活はごめんだ。

守られるだけで何もしなかったあの頃の愚かな自分にはなりたくない。

シヴァの側にいて、彼の妻であることを誇りに思いながら皆の前に立ちたいのだ。

「……貴女の気持ちは分かった。俺の気持ちの続きを聞いてくれないか」

「……あ……ごめんなさい……先走ってしまって……」

「いや、貴女の本心が聞けて嬉しい。今の言葉でますます俺の気持ちは傾いている」

彼の手がロージーの背中に回り、手のひらを当ててくる。

本当は掻《か》き抱《いだ》きたいのだろう。けれどもロージーの身体を潰してしまわないようにと耐えているようだった。

そんな彼がいじらしくてロージーの方からぎゅっと抱き締める。

すると、シヴァはロージーの身体を強く抱き返してくれた。

「たしかに王都に行けば苦労させてしまうかもしれない。でも、俺は貴女と一緒に行きたい。隣にいてほしいんだ」

これまでのような躊躇いや気後れを感じない、熱く強い抱擁。

その締め付けが嬉しくて心地よくて、シヴァがロージーに対して遠慮を持たなくなってきたことに嬉しくなった。

「はい！　私もシヴァ様のお側にいたいです！」

ふたりの想いは同じだ。

一緒にいたい。どんな困難にあっても。

夫婦としてともにありたいという想いが重なり、これまでとは違う未来が作り上がっていくのを感じる。

きっともう、シヴァからの最後の手紙を読みながら後悔の涙を流す未来は訪れない。

彼の腕の中にいる安堵感《あんどかん》に揺蕩《たゆた》いながらそう思った。

「私、頑張ります。シヴァ様にふさわしい妻になったと皆が思うような女性になりますから」

「周りがどう思おうと、俺には貴女だけなのだがな」

他の人に認めてもらう必要があるのか？　と納得がいかない顔をしてくる。

シヴァがロージーを妻と認めたからそれでいい、誰が何を言おうとも関係ないという意見は理解できる。

けれども、これは周りのためではなく自分のために成し遂げたいのだ。

これからもずっと『ロージーよりもルイーザのほうが』とことあるごとに言われるのだろう。

そのたびに気にしていないと言いつつも、多少のわずらわしさは拭い去ることはできない。

それがいつしかロージーの心を蝕《むしば》むものになるのだとしたら、どこかで決着をつけておかなければ。

「私は欲張りですので、胸を張って『シヴァ様の妻は私ですから』と自信を持って言いたいんです。対抗心からや自分に言い聞かせるためではなく、心の底から」

だから何度でも挑むのだ、エドガーのような人と。

対峙して、そのたびに証明していく。

「……だから……その……」

シヴァの方に顔を近づけて、ごくりと息を呑む。

「私、やはりシヴァ様と心だけではなく身体も繋がりたいんです。無理をしてでも。もしかすると、私の自信に繋がるかもと思いますし……」

誰もいない部屋の中だが、やはり平然とした顔では言えず、シヴァの耳元で囁く形になった。

以前は無理しなくてもいいと言われたが、やはりロージーの中でずっと燻っている。

こんなことを女性から言うのははしたないと思われそうだが、彼に正直な気持ちを伝えると約束したのだ。

こんな大事なことを伝えないわけにはいかない。

たとえここでまた断られても、自分にはその心づもりはあるのだと伝えておきたかった。

「……実は……俺も……」

そう言ってシヴァは口元を手で覆い、顔を真っ赤に染め上げた。

言いにくそうにしているのが伝わってきたので、どんなことでも聞きましょうと態度で示すために大きく頷く。

すると、彼は懐の内ポケットから何かを取り出した。

大きな瓶と小さな瓶。

「これは……？」

聞くとさらに彼の顔が真っ赤に染まる。

口ごもり、聞こえるか聞こえないかぎりぎりの声でシヴァは呟く。

「……情事の際に必要なものだ」

「え！」

思わず声を上げると、とうとうシヴァは顔全体を手で隠してしまった。

恥ずかしさと羞恥で歪《ゆが》む自分の顔を見せたくなくてのことだろうが、今まさに彼の顔を見て話したい。

無理しなくてもいいと言っておきながらも、ちゃんと考えてくれていたのかと嬉しくなった。

顔を見てお礼を言いたい。

「実は今日、これを買いに王都に行ってきた。シュルツに聞いたら王都にしか売っていないものだそうだから」

「それでわざわざ……？」

もう一度瓶に目を落として、ロージーも頬を染めた。

「ですが、私も王都に連れて行くつもりでいたのなら、戻ってからでもよかったのに……」

「そうなんだが……上手くいかなかったたびに、貴女が酷く思い詰めたような顔をするのが気になってな。これ以上、貴女にあんな顔をさせたくなかったんだ」

（気付いていていたの？）

繋がれないことに落ち込んでいたこと、焦りを覚えていたこと。

ロージーの顔に出ていて分かりやすかったとしても、それでも何とかしようと動いてくれていたことが嬉しい。

王都に行き、そのためのアイテムを手に入れてきてくれた。しかもこんな無理な日程で。

彼の優しさに胸のときめきが止まらなかった。

「……私、人生って平坦《へいたん》だと思っていました。何かが変わるとき前兆があって、変わっても結局私自身は変わらないまま。つまらなくていつまでも自分に自信が持てないところは変えられないんだって」

一度目のとき、ロージーはシヴァの遺書を受け取るまで本当にそう思っていたのだ。

彼が出ていったのも自分がつまらない人間だからだ。

これは仕方がなかったことだ、変えようがないことだ。

だって、あのシヴァがロージーなんかを愛するわけがない。

そう思い込んでいたから、ロージーは自ら動こうとしなかった。

けれども手紙で愛されていることを知って、自分がシヴァに守られ慈しまれていたと知ったとき、自分を酷く恥じた。

嗚咽《おえつ》で息ができないほどの後悔と、苦しみと、激情。

でも自分にこんな悲しむ資格はないと、自責の念が次から次へと溢れ出て止まらなかった。

どうしてあのとき、諦めてしまったのだろう。

どうしてシヴァと向き合い、話をして、彼が何を思っているのか耳を傾けようとしなかったのだろうと。

でも同時にシヴァのことも恨んだのだ。

どうして言ってくれなかったのか。捕まえて、無理矢理にでも伝えてくれたらよかったのにと。

互いが互いにぶつかることを避けてしまったゆえのすれ違い。

悔やんでも仕方がないのに、どれだけ泣いても苦しかった。

平坦だと思っていたロージーの人生は、シヴァの手紙で壊されたのだ。

シヴァの不器用な愛が、激動をもたらした。

「でも、シヴァ様に愛されていると知って、私も妻としてその想いに応えたいと思うようになったから変わりました。変わって、貴方に全力でぶつかる勇気をいただいたんです」

おかげで変わることができた。

平坦でつまらなかったはずの人生が、でこぼこになり、でもその分喜びも大きくなる。シヴァとふたりでともに歩むのはそんな道だ。

「どうしよう……私……胸がいっぱいでどう言ったらいいか分からない……。何を言っても、この想いに見合うものにならないような気がして……」

陳腐な言葉は並べたくない。

でも伝えたい。

口にして、心の中を曝け出したいのに。

どうしたらいいのだろうと、自分の胸に手を当てて目を閉じた。

「……私……私……」

苦しんでいると、胸に置いた手にシヴァが自分の手を重ねてくる。

握り締め、もう片方の手でそれを覆う。

「ゆっくりでいい。どれだけ時間がかかってもいい。貴女の想いを聞きたい。……聞かせてくれないか」

優しく導くような言葉に、ロージーの目からぽろりと涙が零れた。

まるで噴水のように感情がせり上がってきて、我慢する暇もなくそれは流れる。

シヴァはぎょっとした顔をして焦りながらも、それでも待つことを止めなかった。

自分の袖でロージーの涙を拭き、「大丈夫だ」と言ってくれる。

眉尻を下げ、頬をほんのりと染めて愛を滲ませた顔で見つめる彼。

他の人の前では見せている厳格さも、冷たさも、指導者としても威厳もなぐり捨てて、ロージーの前だけではただひとりの『シヴァ』としていてくれる。

それが何よりも嬉しい。

嬉しくて、いつまでもロージーの前ではそうであってほしくて、誰にも見せたくなくて、そんな彼に抱き着いてしまいたい。

もうどうしようもないくらいに、熱くてもどかしくて、幸せな感情。

「……そっかぁ……私……シヴァ様を愛しているんですね……」

ようやく分かった。

きっとこれが愛なのだ。

シヴァを愛しているから、こんな気持ちになる。

簡単で軽い言葉で表現なんかしたくないと思ってしまう。

愛しているから、シヴァへも想いが大きくて言葉に詰まっていたのだろう。

「……愛しています、シヴァ様……私、貴方のことを、いつの間にかこんなにも好きになってしまっていたようです……」

ストンと心に落ちた想い。

それを笑顔でもう一度言う。

すると、シヴァはグッと眉根を寄せて、感極まったような顔をした。

せり上がるものをどうにかこうにか飲み下し、崩れてしまいそうな理性をどうにか繋ぎとめているようなそんな顔を。

泣くのを我慢しているかのよう。

ぐらりと傾いたシヴァの頭がロージーの肩に乗り、頬を銀色の髪の毛がくすぐってきた。

「……夢を見ているのか、俺は」

「え？　夢？」

聞こえてきた言葉に驚き聞き返す。

「だって、絶対に貴女からもらえない言葉を聞いたんだ。夢だと思うだろう」

「そんな絶対なんてことありませんよ……」

シヴァを知れば知るほどにこの心は奪われていったというのに。

夢なんてつれないことを言わないでと言う。

「情けない話だが、よく夢を見ていたんだ。貴女に『愛している』と言ってもらえる夢を。目を覚ますたびに、やはり現実ではないことに納得しながらも落胆していた……」

だから実際にロージーに「愛している」と言われてもにわかに信じられない。やはり夢かもしれないと言う。

また目が覚めて、違う現実が待っているのではないかと。

「夢にしないでください。せっかく気付いたこの気持ちを、覚めれば終わってしまうものにしたくないです」

「そうだな。あぁ……たしかにそうだ」

噛み締めるようにそう言ったシヴァは、顔を上げてロージーの頬に触れる。

「俺も愛している」

通じ合った想い。

時を遡り重なったふたりの愛。

ようやくシヴァの口から愛の言葉を聞けたことに、ロージーは過去の自分が報われたような気がした。

「シヴァ様、私、貴方とこれから、ずっとずっと、形だけの夫婦ではなく、本当の夫婦になりたいです」

「俺もそうなりたい」

自然と顔を近づき、唇が引き寄せられていく。

触れ合う直前に唇にかかるシヴァの熱い吐息も、伏し目がちになる目も、触れ合う鼻先も、どれもこれも愛おしい。

キスはもう何回目だろう。

鼻で息をすることを覚え、苦しさに喘ぐことはなくなった。

かわりに気持ちよさに溺れるようになってしまったが。

「……ぅン……んン……ぁ……あふっ……」

今もそうだ。

弄られた口の中が気持ちよくて頭が蕩《とろ》けそう。

シヴァの舌で口内を舐られて、ロージーの舌を絡め取られ、擦られて吸われて。

これまでのキスでも気持ちよくなっていたが、両想いになってからのキスは格別だった。

腰が砕けて倒れ込んでしまいそう。

離れていくのが嫌だ。

もったいなくて、自分の方から舌を絡ませていった。

すると、シヴァもさらに大胆に舌を動かしてくる。

いつの間にか腰に手を添えられ、脚が震えて倒れ込みそうになるロージーを支えてくれる。

ようやく離れていったとき、唾液に濡れた彼の唇を見てキュンと子宮が疼いてしまうほどの色香を感じてしまった。

シヴァはロージーの身体を抱き上げ、ベッドに連れて行く。

またキスをし、うなじに手を当ててゆっくりと押し倒すと、もう片方の手でドレスの背中の紐《ひも》を解いた。

「……あの……今日はずっと移動していて疲れているのではありませんか？」

「先ほどの貴女の言葉で疲れなど吹っ飛んだ」

「なら、これから……その……りょ、両想いになったことですし……」

どうします？　と上目でシヴァを見つめる。

もし、シヴァがいいのであれば、この想いのまま繋がりたい。

もう一度挑戦してみたいと訴えた。

すると、シヴァは少し困ったような顔をする。

「そうしたいところだが、あいにく服も身体も土埃《つちぼこり》だらけでな」

「あ……」

そう言えばそうだったと思い出す。

お風呂に入れと言ったのはロージーの方なのにと恥ずかしくなった。

「だから、今から身体を清めてくるから、それからでもいいだろうか」

「は、はい！　もちろんです！」

ブンブンと首を縦に振るとシヴァは離れて行き、ベッドから降りる。

「少し待っていてくれ」

「分かりました」

横になりながらシヴァを目で追うと、ふと先ほどの小瓶が視界に入った。

「そういえば、この瓶に入っているものを情事に使うのですよね？」

大きな瓶と小さな瓶、それぞれを手に取ってまじまじと見る。

大きな瓶にはとろりとした粘着性のある透明な液体が入っており、小さな丸い瓶にはさらさらとしたピンク味がかった液体が入ってあった。

それぞれが違う用途なのだろうか。

「あの、これってどうやって使うのです？」

せっかくシヴァが買ってきてくれたのだからと、興味を持った。

すると彼が近づいてきて、照れた顔を見せる。

「……そっちの大きな瓶は潤滑剤だ。……その……ぬめりで挿入を手助けしてくれるやつだ」

「……あ……なるほど……」

それは大切だと頷いた。

大きいシヴァのアレをロージーの中に収めるためには愛液では足りず、それを補うためのものだろう。

これが念願を叶えてくれるかもしれないのかと、瓶を見つめながらドキドキした。

「ではこちらの小さな瓶は……」

そう聞くと、シヴァは目を泳がせてそっぽを向いた。

「も、もしかするとロージーの身体が緊張していることも原因かもしれないとシュルツに言われて、それを緩和するものを……」

「緩和とはどのように？」

「端的に言えば、緊張が解れて気持ちよくなりやすくなるもの、らしい」

「な、なるほど……」

こちらもロージーに必要なものだろう。

たしかに秘所を解されている段階では気持ちよくて身体もリラックスできているのだが、いざ挿入となると自然と力が入ってしまっている。

深呼吸をしてどうにか力を逃そうとするが難しく、さらにシヴァの屹立が挿入されて痛みを感じるとそれどころではなくなってしまうのだ。

「なら、これは私が飲めばいいのですね」

「そう思って買ったが、まずは俺が飲んで安全性をたしかめてからだ」

サイドテーブルに置いてあったグラスに水を注いだシヴァは、ロージーから小瓶を受け取ると水の中にそれを数滴垂らした。

水を飲み干し、濡れた口端を親指で拭った。

「湯あみをしてくる」

危険性があるものなら湯あみをしている間に症状が出るだろう。そう言い残して彼は浴室へ向かっていった。

ひとり残されたロージーは改めて大きな瓶を見る。

（トロトロしてる……）

こんなものがあるなんて知らなかった。

きっとシヴァも知らなかっただろう。

だが、ロージーと繋がるために部下であるシュルツにどうすればいいのか聞いて、わざわざ自分で買ってきてくれた。

将軍である彼が、普段は厳格さを崩さないシヴァが誰かにこんなことを聞くのは大変だったはずだ。

羞恥を押し隠し、それでもふたりのためと聞いてくれたに違いない。

そこにどうしようもなく愛を感じてしまうのは、ロージーの欲目だろうか。

そういうところが好きだと胸がキュンキュンとしてしまう。

「今日こそは成功したいなぁ」

この液体を使って、シヴァを自分の中に収めたい。

期待が膨らんでいった。

「あの薬に危険性はないようだ」

湯あみから戻ってきたシヴァは、開口一番に報告してくれた。

「……その代わりに……随分と興奮を高めてくれるらしいな……」

掠れた声で恥ずかしそうに言う彼の顔を見て首を傾げる。

そして、ふと下腹部が視界の端に映り、屹立があるであろうそこが大きく盛り上がっているのが見えてしまった。ガウンを押し上げている。

「あ……」

興奮しないと勃ち上がらないはずのそこ。

まだ情事もはじまっていないのに、すでに痛そうなくらいに張りつめているのを見るにあの薬の効果は絶大のようだ。

「大丈夫ですか……？」

「あぁ、問題ない。貴女が飲んでも大丈夫だろう。……ただし、身体の感度が上がるし、鼓動も早くなるがな。身体の緊張も取れるだろう」

期待通りの効果だとシヴァは言う。

たった数滴であんなに？　と息を呑んで小さな瓶の方を見た。

「それでも飲むか？」

改めて聞かれたので、ロージーはこくりと頷く。

すると、シヴァは先ほどと同じようにグラスに水を注ぎ、そこに液体を数滴入れてロージーに渡してきた。

よし！　と勢いをつけてそれを飲み干す。

ほんのりと甘味《あまみ》が舌に乗るそれの効果が出るのを、ロージーはジッとしながら待った。

けれども、ひとりジッとしていられない人がいるらしい。

「ロージー……」

つむじにキスをしてきて、先ほど中途半端に解いたドレスの紐に手をかけた。

「……あ……まだ効果が……」

「出るまでの間、俺が触っていても構わないだろう？」

「それは……はい……」

「悪いな。薬のせいかそれとも貴女に愛されていると知ったからか、理性が利かなくなっているらしい……」

許してくれと耳元で艶っぽく囁く彼は、性急にドレスを脱がせにかかった。

その間、ロージーの肩口に顔を埋めて唇で愛撫してくる。

ちゅ、ちゅ、と啄み、時には強く吸い付いて痕を残す。

肌の下がざわつくような感覚がロージーを襲い、自分の肌が露出すればするほどに熱が高まっていった。

「……はぁ……あぁ……」

徐々に官能が高まっていく。

シヴァの唇が触れたところから甘い疼きが広がり、指先や頭にまで広がる。

最初はソワソワとしたものだったが、徐々にピリピリとしたものに変わっていった。

身体が敏感になり、どんな小さな刺激でも拾っていっているのが分かる。

これが薬の効果だろうかと、熱い息を漏らした。

まろび出た乳房に吸い付いてきたシヴァは、ロージーの身体をベッドに沈める。

シーツの冷たさが火照った身体に心地いい。そのくらいに自分の身体が熱を帯びているのが分かった。

「……ふぅ……ぅンぁ……あぁ……あっ……あぁっ！」

胸の頂を軽く吸われ、腰がビクビクと跳ねる。

ザラザラとした舌に乳暈をなぞられると甘い声が出て、乳首の先が硬くしこりを持った。

「効いてきたようだな。いつもより感じやすくなっている」

「……そんなこと……ない、です。あっ……やぁ！」

強く乳首を吸いながら、シヴァの指が秘所に挿し入れられる。

性急な動きに、彼の言う通りシヴァの中で制御が緩くなっている状態だと分かった。

「そんなことないなんてつれないことを言わないでくれ。貴女にもっともっと気持ちよくなってもらうために買ってきたんだから」

分かっているが、やはり恥ずかしい。

自分の身体の変化に戸惑いついていけず、すでに蜜を湛《たた》えたそこを割り開く太い指の感触に喘ぎながら腰を震わせた。

あっという間に奥に指が入り込んでいく。

蜜口が柔らかくなるのが早く、むしろどんどんと指を呑み込むように膣壁が蠢《うごめ》いていた。

二本目の指も挿し込まれ、指の腹でぐりぐりとそこを擦る。すると、頭にびりびりと響くような快楽が襲ってきて、下腹部に何かが溜まっていくのが分かった。

「……あ……あぁ……何か、変、です……いつもと違います……ひぁっ！　シヴァ様！」

「教えてくれ。どう違うんだ」

頬にキスを落とされ聞かれる。

「……あぁンっ！　……あっあっ……なにか、きます……何かが私を……」

おかしくしてしまいそう。

シヴァの指が動くたびに追い詰められて、ロージーの中でそれが大きくなっていった。

「大丈夫だ。そのまま受け入れてくれ」

「で、でも……」

「ほら、ここだろう？　ここを擦ってやると気持ちよさそうな、トロトロに蕩けた顔になる」

「やぁンっ！　あぁ……あっ！」

肉壁のある箇所を執拗《しつよう》に攻められて、ロージーは甘い声で啼《な》く。

緩急をつけた動きはロージーを焦らし、もっともっとと期待が高まったところで再び強く擦られると快楽が倍になって襲ってきた。

もう何が何だか分からない。

シヴァの指ひとつでロージーのすべてが支配されているような、そんな感覚に陥った。

「嬉しい。貴女をこんなに気持ちよくさせることができて。今は薬の力を借りているが、そのうち俺だけで気持ちよくなってくれ……」

「あぁんっ！」

ひときわ強くグリっと抉《えぐ》られて、目の前がちかちかする。

上手く息ができずに喘いでいると、シヴァはロージーの唇を己の唇で塞ぎ、甘い吐息すらも奪ってきた。

ぐちゅ、ぐちゅ、といやらしい水音が響き、音が耳から入り込んで脳まで犯していく。

子宮の切なさが大きくなり、何かが弾けようとロージーを苛んできた。

「……あ……あぁ……もう……っ」

「あぁ、そうだな。イってくれ」

シヴァの甘い声に導かれて、絶頂に達する。

全身がビクビクと痙攣《けいれん》し、頭の中も真っ白になった。

絶頂の余韻に浸るロージーを、シヴァはキスをしながら宥める。

気持ちよくて、何も考えられなくて、ただただ彼が与えてくれる愛撫に酔いしれていた。

「お願いだ。俺にその気持ちよさそうな顔をもっと見せてくれないか」

「……それは……どういう……ひぁンっ！」

絶頂の余韻でいまだに蠢いていた肉壁を、シヴァが再び指で弄ってくる。指の腹で容赦なくグリグリと擦り、トントンと押し付けてきた。

すると、再びロージーは腰を揺らして与えられる快楽に翻弄される。

二度目の絶頂はあっという間にやってきて、高みの階《きざはし》を上ろうとしていた。

「……あっ……あぁ……また……また……イっちゃ……うぅ……」

「イって気持ちよくなってくれ。俺にその顔を見せてくれ。ほら」

赤い瞳がロージーの顔を覗き込み、痴態をジィっと見つめてくる。

恥ずかしい。

そんなに見ないでと自分の顔を手で覆いたくなったが、彼の目が隠さないでくれと命じているようだった。

ちゃんと気持ちよくなって、淫らな顔を見せてくれと。

恥ずかしさや、普段は優しい彼が少し強引なことにドキドキしてしまったからだろう。

それに抗うことができず、ロージーは彼と目を合わせたまま達してしまう。

一度目の絶頂よりさらに深く、そして長いそれに、ロージーは四肢を震わせながら身を委ねた。

「……あ……ンあ……あぁ……」

「……素敵だ、ロージー。貴女が乱れれば乱れるほど、嬉しくなってしまう」

厚い唇を頬に寄せたりつむじに落としたりと、彼は悦《よろこ》びと興奮を表している。

シヴァがこんなにも饒舌《じょうぜつ》で感情をまっすぐにぶつけてくるのは、媚薬《びやく》のせいだろうか。

彼はロージーのためにと買ってきたようだが、シヴァ自身にとってもよかったのかもしれない。

彼のこんな顔を見られたことは、ロージーもまた嬉しかった。

「そろそろ試してもいいいか？」

ここに挿入《はい》りたいんだと、シヴァは強請《ねだ》り指を膣奥に挿し込む。

ぐるりと指を馴染ませるように動かして、中の具合をたしかめた。

「……はい。……私も……早くシヴァ様が……ほしい、です……」

もう焦らさないで。

もっと強引に奪って。

奥の奥まで暴いて、ロージーのすべてをシヴァのものにしてほしい。

手を伸ばし、彼の首にぎゅっとしがみ付いて抱き着くと離れていく。そしてお願いしますと自分の身体を明け渡すように彼を見つめた。

シヴァは緊張した面持ちで大きな瓶を手に取り蓋を開ける。

とろとろとした粘り気のある液体を手に落として両手で温め、再び秘所に指を挿し入れた。

秘裂を割り開き、潤滑剤で濡れた指で膣壁を擦る。

さらに潤滑剤を足して滑りやすくしていった。

「……ぅう……ン……ンぁ……」

ぬめぬめして気持ちがいい。

滑りがよくなったおかげでさらにシヴァの指の感触が分かりやすくなった。

彼も着ていたガウンを脱ぎ、ずっと硬くいきり勃ったままのそれにぬめりを足す。

手で何度か扱いて馴染ませると、シヴァはロージーの秘所に屹立の穂先を押し当てた。

「大丈夫か？」

「……うん」

熱に犯されて頭の中が覚束《おぼつか》ない。ふわふわして気持ちよくて、シヴァにだったら何をされてもいいと、素直に頷いた。

緊張なんかどこにもなくて、身体もリラックスできている。

ただロージーのなかにあるのは悦び。

今から本当にこの人のものなるのだという無上の悦びしかなかった。

「……はぁ……あぁン……んぁ……」

大きくて太いものが中を割り開いて挿入ってくる。

潤滑剤のおかげで痛みはない。

するんと穂先を呑み込んで、膜があるところで止まる。

「……すごい……本当にできそう……」

今までここまでくるのにもあんなに苦労していたのにと、驚き感動した。

自分の下腹部を見下ろし、まだまだ収まっていないシヴァの竿《さお》の長さを見て、あれを全部この中にとお腹を手で擦る。

すると、シヴァが「うぅっ」と小さく呻き、眉根を寄せた。

「……あまりそういういじらしいことをしないでくれ。我慢ができなくなりそうになる」

よく分からないが、こういうのはいけないらしい。

「私に手伝えることありますか？　どうしたらいいでしょうか」

「身体の力を抜いてくれればいい。……逆に、貴女はどうしたら楽になる？」

そうですね、とロージーは覚束ない頭で考える。

このままでもいい気もしたが、やはりシヴァが上体を起こしている分、触れ合っている箇所が少ない。

「ぎゅっとしてほしいです」

だから、もっとくっついていてほしいとお願いした。

シヴァはロージーの頭を掻き抱き、「こうか？」と聞いてくる。

無言で頷き、彼の背中に手を回した。

「大丈夫か？」

「はい。……だから、このまま一気に……」

「そんなのつらいだろう？」

「つらくてもいいです。……だって今、すごく幸せだから」

だから、この気持ちのまま貫いてほしい。

「もっともっと、私を幸せにしてください」

シヴァの筋張った首筋にキスをすると、彼は頭をギュッと抱き締めた。

「……力を抜いていろ」

その言葉を皮切りに、シヴァは腰をゆるゆると動かし中をかき回す。

少しずつ小刻みに屹立を膜に押し付けると、ぐぐぐ……と一気に貫いてきた。

「あぁっ！」

痛みと衝撃、自分の中を奥の奥まで犯される感覚。

それらに喘ぎながら、ロージーはとうとうシヴァを受け入れる。

お腹いっぱいに咥え込んだそこは限界ぎりぎりに開かれ、子宮が押し上げられて苦しいくらいだが、
それでも喜びの方が大きい。

もし、最後まで受け入れることができたらどんな心地なのだろうと想像したことがある。

そのときはよく分からなかったが、そうか、こんなにも幸せに満たされるのだと知った。

「……できました」

思わず涙が零れる。

子どものように泣きじゃくって、「よかった」と何度も言うと、シヴァも何度も「あぁ」「そうだな」と相槌を打ってくれた。

「ようやくできたな、俺たち。ありがとう、ロージー」

彼も泣きそうになっている。

ふたりで抱き締め合い、幸せを噛み締めた。

「馴染むまで、もう少しこのままで……」

無理はせずゆっくりと。

シヴァの気遣いはさらに続く。

「なら、待っている間、キスをしてくださいませんか？」

「あぁ」

優しい唇が降ってくる。

何度もロージーの唇を啄んで、舌で弄んで、そして官能を高めていく。

馴染むまでと言われたが、ロージーの身体が昂《たかぶ》ってシヴァにもっと触ってほしくて仕方がなくなってしまった。

膣壁も蠢き、肉棒をきゅうきゅうと締め付けている。

淫らにねだるように、もっともっととほしがるように。

その締め付けにシヴァも刺激されるのだろう。

どんどんと息が荒くなって、キスも激しくなる。

「……すまない……もう動いてもいいだろうか」

彼の腰も揺れていて、動きたいと訴えているようだった。

うん、と首を縦に振ると、シヴァはゆっくりと腰を動かし始めた。

「……ふぅ……うぅン……あぅ……ンんっ」

肉襞《ひだ》を硬くて逞しいものが擦る。

ゴリゴリと隘路をさらに広げ、狭い膣奥を抉《こ》じ開けるように。

その刺激に反応してロージーの身体がシヴァの熱杭を受け入れようと変わっていく。

キツさと苦しさに呻くだけだったものが、いつの間にか快楽が芽生えてきて、擦られるたびにそれが大きくなっていった。

ゾクゾクと腰から背中にかけて甘い疼きがせり上がる。

体温があがり、中の粘膜もまた敏感になる。

シヴァが大胆に動けるようになる頃には、ロージーはあられもない声を出して感じてしまっていた。

「……あぁっ……あぁンっ！　はぁ……あっあっ……あぁう……あっ」

最奥を屹立の穂先で抉られて、指で気持ちよくされた箇所を竿の部分で擦られて、あんなに痛かっ

たのが嘘だと思えるほどに気持ちいい。

トン……トン……と子宮口を軽く叩かれると、甘い痺れが脳を犯す。

シヴァに抱かれている。

その現実だけでも頭が痺れてしまうほどに幸せなのに、抱かれることがこんなにも気持ちがいいことだなんて。

こんなにも愛を感じる行為だったなんて。

ようやく知ることができたから感動が大きかった。

「……シヴァ様……シヴァ様……ひぁんっ！」

シヴァへの愛が溢れて、求める声が止まらない。

これからもずっと一緒にいるという約束の証を刻み込まれ、彼の愛を叩き込まれて、激しく愛される喜びに咽《むせ》び啼く。

媚肉が震えて、屹立をきつく締め上げているのが分かる。

もっともっとと奥に誘い込むように絡みつき、もっと愛をちょうだいと強請《ねだ》っていた。

「……はぁ……あっ……あぁう……ンぁ……あっ！」

パン！　とリズミカルに肌が叩きつけられる音が響く。

シヴァに突き上げられるたびに嬌声《きょうせい》が出て、全身に走る快楽が強くなっていった。

また限界がやってくる。

大きく膨れ上がって子宮を苛むものを解放させるときが再び訪れるのだと分かった。

けれども、またひとりで達してしまうのは寂しい。

嫌だと心細く思っていると、彼が「……くっ」と小さく呻き、腰の動きを速めてきた。

「……ロージー……もう……出るっ」

シヴァも気持ちよくなってくれている。

彼もロージーと一緒だと声から分かると、この身体もまた一気に高みに上がり絶頂を迎えようとしていた。

「ひぁっ！　あぁっ！　あっ！　あぁっ！」

快楽が一気に弾けて、ロージーはシヴァにしがみ付く。

シヴァも痛いくらいに抱き締めてくれて、胎の中にびゅくびゅくと精を吐き出した。

白濁の液で穢《けが》され、ビクビクと震える屹立にさらに快楽をもたらされて、頭が真っ白になる。

しっとりと汗ばむシヴァの肌が心地いい。

耳元に吹きかかる吐息も、小さく喘ぐ掠れた声も、何もかもが余韻を長引かせるものになっている。

「大丈夫か？」

シヴァは汗で張り付いたロージーの前髪を掻き上げて、顔を覗き込んできた。

「……はい……今凄く幸せです……」

感じたままを口にすると、彼はフッと口元に笑みを浮かべた。

「痛くないか？」

「少し……ジンジンします。でも大丈夫」

「そうか」

ずるりと中からシヴァの屹立が出ていき、彼が秘所の状態をたしかめる。すると、顔を顰めたのが分かった。

「……血が出ているようだ。本当に大丈夫なのか」

我慢をしているのではないか、こちらに気を遣っているのではないかと血相を変えて聞いてきた。

「医者を呼んだ方が……！」

「大丈夫です。純潔を捧《ささ》げるとき、どうしても出血してしまうと聞いています。だから、この血は私がシヴァ様のものになったという証です」

「俺もそう聞いているが……だが、やはり心配だ……」

あれだけ苦労したものを今回は奥まで挿入したのだ、何か不具合があってもおかしくないかもしれない。知らず知らずのうちに無理をさせていたのかもと不安に思っている様子だった。

「もし酷くなりそうでしたら、そのときはお医者様を呼んでください。でも今は様子を見ましょう？本当に酷い痛みではありませんから」

「……分かった」

ロージーの提案を受け入れてくれたシヴァは、労わるように頭を撫でてくる。

すると、とろんと目が蕩け始めた。

「このまま眠るといい。後始末は俺がしておくから」

「ですが、シヴァ様も馬を走らせて疲れているのに……」

それなのに自分ひとりだけ先に休むことはできないと、眠気で舌を縺《もつ》れさせながら言う。

慈しみの目を向けてきたシヴァは、ロージーの手を取り、指先にキスを落とす。

「痛みを越えて俺を受け入れてくれた貴女に少しでも報いたいんだ。だからこのまま眠ってくれていい」

報いるだなんてそんなこと。

そう言おうとして意識が途切れがちになる。

「……シヴァ様……大好き……」

微睡《まどろ》みに落ちる直前に見えたのは、シヴァの真っ赤な顔。

ロージーが大好きな彼の素の顔だった。

第三章

「ここがシヴァ様のお屋敷……」

「バティリオーレ領の屋敷よりも随分とこじんまりとしているがな」

「でも素敵です！　こんな素敵なお屋敷が私たちの家になるのですね」

小さくても、シヴァとふたりの家というだけで魅力的に見える。

まだ屋敷の中に入っていないうちから、どんな感じの生活を送るのだろうと期待が膨らんだ。


ようやく成し遂げることができた初夜のやり直しから十日後。

ロージーたちは王都に居住を移した。

バティリオーレ領の経営は代理人を立てて、屋敷は引き続き管理人に任せることになっている。

領地を出る前に管理人に屋敷の修繕箇所やこれからの計画を伝えて実行するようにお願いをし、次に領地に戻るときにまで工事を終わらせておくと約束してくれた。

これで幾分か使用人たちも働きやすくなるだろうが、まだ相談の余地がある箇所は手紙のやり取りで進めていく予定だ。

とりあえず今のロージーは、王都で将軍の妻としての顔を広めていかなければならない。

社交界ではまったく目立たなかった存在だった自分がどこまで渡り合っていけるのか、不安はあるが何も成さないうちから怯んでいる場合ではなかった。

シヴァは戦場で剣を振るっている。

ならば、ロージーは社交界で弁を振るわなければ。

よし！　と拳を握り締めて屋敷に入り、女主人として使用人たちに挨拶をした。

「ねぇ、メアリー。さっそく軍人の奥様たちをお屋敷に招こうと思うのだけれど、招待状の準備を進めておいてもらえるかしら」

「かしこまりました」

軍のことはいまだ勉強中だ。

階級や、各部隊長の名前はもちろんなこと、彼らの奥方の名前も覚えていかなければならない。

さらにこれまでの歴史や戦績、任務地や噂話《うわさばなし》まで覚えることは多岐に渡る。

一度目のときは領地に籠もっていたのでそのような場を設けることも顔を出すこともなく、こんな努力をする必要もなかった。

だが今回は進んでする努力だ。

お茶会まで頑張らなければ。

「ですが、ここのお屋敷は手狭なので、あまり人は呼べませんね」

「たしかにそうね」

バティリオーレ領の屋敷やロージーの実家よりも随分とこじんまりとした屋敷。

ロージーとしてはこの手狭な感じが好きなのだが、人を呼ぶとしたらもう少し広い方がいいだろう。

もともとシヴァが使っていた屋敷で、ほとんど戦地に行っていたのでそこまで立派な構えの家はいらなかったのだろう。

これまではそれでよかったが、家族で住むならもっと広い屋敷に越そうかとシヴァが提案してくれた。

ゆくゆくはその必要が出てくるが、今はこのままでいいと言ったのはロージーだ。

だから今回はある程度人を厳選して呼ぶことにした。

「まずはシヴァ様の側近の方々、各部隊長の奥様たちね」

徐々にその幅を広げていきたい。

将軍の妻として、軍人の妻たちとの交流は大事だ。着実にやってのけたい。

お茶会を催すなんて初めてのことだ。不慣れな部分も多いだろう。

だからメアリーに手伝ってもらい、長年シヴァに仕えてきた家令にも聞きながら準備を進める。

母にも手紙で助言を仰ぎながら、お茶会会場を庭にして広く場所を取る工夫をしたり、眺めがいいように庭師に給金を弾んで花を新たに植えて手入れをしてもらった。

「俺に手伝えることはないのか？」

目まぐるしくお茶会の準備をするロージーにシヴァが聞いてくれる。

軍にかかわることだ、自分も何かできるだろうと考えて申し出てくれたのだろう。

嬉しいがそれを断った。

「ここは私の戦場です。だから、ひとりで戦わなくては」

それに最初が肝心だ。

初めからシヴァの手を借りて成し遂げるようでは、軍人の妻たちがロージーに向ける目は厳しいものになるだろう。

「お任せください。成功させてみせますから！」

胸を張って言うロージーに、シヴァは「そうか」と理解を示してくれた。

ロージーもまたここまで準備したのだから、あとは自分が当日いかに招待客の関心を集められるかにかかっているだろうと考えていた。

「……え？　誰も来ないの？」

ところが、招待状を出した妻たちから、次から次へと欠席の連絡が届いた。

恭《うやうや》しくそれらしいことを書いているが、要は用事があるから行けないということだ。

メアリーが報告してくれたとき、愕然《がくぜん》とする。

まさか誰ひとり来ないなんて考えもしていなかった。

（これは私がシヴァ様の妻として認められていないということよね）

それが返事となって表れたと考えてもいいだろう。

さすがのロージーもこれには堪える。

「いえ、ひとりですが出席するとお返事をくださった方が……」

「だ、誰？」

そんな心優しい人が？　とパッと顔を明るくしてメアリーに聞く。

すると彼女は唯一色よい返事をくれた手紙を差し出してきた。

「マヤ・キャスティール……」

シュルツの妻だ。

彼女が来てくれると知って、心から安堵した。

「じゃあ、マヤ様のために盛大なお茶会にしなくちゃね」

たったひとりの招待客だが、だからといって手を抜くわけにはいかない。

来ると決めてくれたマヤの優しさに精一杯応えなければと前向きに考えた。

「シュルツ・キャスティールの妻マヤです。本日はお招きいただきありがとうございます」

お茶会当日、やってきたマヤは丁寧な挨拶と手土産を持ってきてくれた。

口元のホクロが色っぽい、グラマラスな女性だった。

色男であるシュルツと並ぶとまさに美男美女。お似合いの夫婦と言えるだろう。

見つめられるだけで、女性であるロージーもドキドキしてしまう。

こんなに素敵な女性を最初の客人として招くことができて光栄だが、なおのこと他の招待客がいないことが申し訳なくなってしまった。

「……あの……マヤ様……実は他の方も招待したのですが、皆さんご都合が悪いようでして……。本日は私とふたりきりなんです……」

ふたりだけならば会場をわざわざ庭に移す必要はなくなったが、せっかく美しく手入れしてもらったのだ、ぜひ見てもらいたいと思い庭にセッティングをした。

だからなおのこと寂しい光景になってしまうと思ったが、マヤはさして気にした様子を見せない。

「そうですか。まぁ、そうでしょうね」

むしろこの状況を分かっていたと言わんばかりだ。

（マヤ様がそうおっしゃるほど、私の評判は良くないということなのかしら……）

自分としては特に評判が悪くなるような行いをした覚えはないのだが、どこでどう話が転がるか分からないのが社交界だ。

軍人の妻たちがつくるコミュニティはなおのこと狭く、結束力が強い。

あずかり知らぬところで変な噂が流れているのかもしれないと不安になった。

「どうぞこちらです」

庭に案内するとマヤは気に入ったようで感嘆の声を上げる。

よかった、ホッと胸を撫で下ろし、さっそくお茶と菓子を振る舞った。

「先ほどの話ですけれど」

しばらく世間話をしていると、不意にマヤが話を掘り返してきた。

「気になさらない方がよろしいかと。ロージー様がどうこうというわけではなく、皆ルイーザ様の目を気にして断っただけですから」

「……ルイーザ様？」

前将軍の娘であるルイーザは、妻たちのコミュニティの中で幅を利かせていたらしい。

軍人の妻ではないものの、長年将軍をしてきた人間の娘というのはやはり注目を集めるのだろう。

さらにルイーザもまんざらでもなかったようで、妻たちの中心人物として振る舞っていた。

『ルイーザ様は将来お父様の意思を継いで将軍となるシヴァ様の妻になる方ですから』

皆が口々にそう称え、誰しもがルイーザを持ち上げていたようだ。

「でも、実際シヴァ将軍はルイーザ様との結婚を辞退し、ロージー様と結婚したでしょう？　それで妙な空気が流れまして。皆どうすべきか様子を窺っている状態です」

「なるほど……」

つまりロージーとルイーザ、どちらの側につけばいいのか判断がつかない人や、ルイーザ側につくと決めている人が大半だということだ。

ロージーが求心力を強めていくことで上手くいくだろうと思っていたが、その前に大きな壁が立ちはだかっているようだ。

「そんな中、マヤ様は来てくださったのですね。ありがとうございます」

深々と頭を下げると、マヤはフフフと笑みを浮かべる。

「いいえ。私も爪弾《つまはじ》き者ですから、ルイーザ派に入れない者同士、仲良くできると思いましたの」

明るい声で言われたが、果たして喜んでいいのかと複雑な気持ちになった。

「ま、マヤ様はどうしてルイーザ様とは懇意にしていないのです？」

「一言で言えば夫のせいです。その点でも私たち気が合いそうですね」

「そう……ですわね」

思わず苦笑いが出てきた。

「夫のシュルツは、結婚前はそれはもう有名なプレイボーイでしたの。『貴婦人の愛人』と呼ばれて、いろんな女性を相手にしていました」

そんな彼も貴族の子息の命運からは逃れられなかった。

特に軍人として出世していたシュルツの浮いた噂を、両親はどうにか抑えたかったのだろう。

政略結婚の相手を探した。

それがマヤだったらしい。

「皆思っていました。シュルツは結婚後も女遊びをやめられないだろうと。私もそう思っていましたし、それも込みで結婚を承諾したのです」

おめでとう、と口で言いながらも心の中で嘲笑《あざわら》っている声が相手から聞こえてきそうだった。軍人の妻たちもそう。

マヤはシュルツのせいで泣くことになると陰口を叩き、憐みと嘲笑を彼女に向けていたと言う。そのときからコミュニティの中に入ることはできなかったらしい。

マヤも居心地の悪そうなところに入らなくてもいいと思い、敢えて放置していたそうだ。

さらにルイーザが手を差し伸べてきたがその手を取ることはなかったので、結果ひとりぼっちになってしまったのだとか。

「ところが皆の予想に反して、シュルツは私との婚約後にぴたりと女遊びをやめてしまいまして。私を馬鹿にしていたご婦人方も随分と気まずい思いをしたようです」

フフフと悪戯《いたずら》が成功したことを喜ぶ子どものように微笑むマヤに、ロージーはつられて微笑んでしまった。

「あ！　ちなみに言っておきますが、シュルツが女遊びをやめたのは、何も私を好きだからというわけではありませんよ？」

「そうなのですか？」

「ええ。私、あの人に聞いたんです。どうして女性と遊ぶのをやめたのかを。そうしたら、彼、『だって結婚したらそういう遊びはやめるものでしょう？』って。そうじゃないの？　と不思議そうな顔で言ってきたんです」

シュルツは婚約をしたら遊びをやめるのは当然のことだ、だからそれに従っているだけだと答えたらしい。

それはマヤにとっても予想だにしていなかった返事だったようだ。

「あの人、ああ見えて結構天然なところがあるんです。外では紳士ぶってスマートな顔を見せていますけれど、家ではどこか抜けている姿を見せるんですよ」

「まぁ」

意外だ。ロージーから見たシュルツは完璧な紳士だと思っていたのに。

「だから、女性たちから黄色い声援をもらっているあの人を見ていると、心の中で『この人昨日寝ぼけて口から水を零していたのよね……』とおかしくなってしまって」

フフフとくすぐったそうに笑うマヤを見て、ロージーも何となく彼女が言っていることに共感ができた。

「……その、私にしか見せない夫の顔、というものですか？」

「そうですね。優越感というものを持ってしまいます」

「その気持ち……何となくわかります」

ロージーにとってシヴァがそうだ。

彼が周りに見せる顔とロージーに見せる顔が違うことに、喜びと少しの優越感を覚える。

こんなに怖い顔をしているけれど赤面して可愛らしい顔を見せてくれるし、ロージーに何かあると酷く慌てた様子で大袈裟な反応を見せる。

しかも小動物が大好きだ。

そんな彼を知っているのは自分だけ。

「シヴァ将軍もロージー様の前では澄ました顔を保てないのでしょうね」

「……そう……なのでしょうか」

面映《おもは》ゆい。

自分でもそうかもと思っていたことを人から指摘されて、ますます意識してしまう。

「ねぇ、ロージー様。いまだにルイーザ様の影響力が強くてやりづらい部分もありますでしょう。ですが、いつかは皆さんロージー様の魅力に気づいていきますからあまり心配なさらないで」

「え？」

「だって、やってくるのは私ひとりだと分かっていたのに、こんなに素敵にもてなしてくださったのですもの。実際にお話もして、貴女が慈悲深くお優しい方だと分かりました。私の直感が告げております」

綺麗に整備した庭、茶葉も何種類か用意してマヤの好みに合わせて淹《い》れたし、お菓子もアフターヌーンティースタンドに溢れるほどに作ってもらった。

手土産も準備をして、精いっぱいもてなそうと頭を悩ませた努力が、マヤの言葉で報われる。

「私も力を貸します。一緒にやっていきましょう」

「ありがとうございます！」

ロージーはこの日、心強い味方と友だちを得ることができたのだ。


それからマヤとは頻繁にお茶をする間柄になり、仲を深めていった。

シヴァもマヤがシュルツの妻とあって仲良くしていることを喜んでくれた。

だが一方で、ルイーザについてどこか引け目を感じているようだ。自分が彼女との結婚を断ってしまったために、ロージーにしわ寄せがきてしまっているのではないかと。

そうはいっても、もしシヴァがルイーザとの結婚を承諾していれば、今のこの生活はなかったわけなので、仕方がないことだと割り切っている。

「俺がもう少し穏便に断っていれば……」

どうやら断ったときに相当ルイーザに食い下がられたらしい。

軍のために外から伴侶を迎えた方がいいと話すシヴァと、軍のためだからこそ前将軍の娘である自分と結婚すべきだと訴えるルイーザ。

最後は前将軍の説得で諦めてくれたらしいのだが、いかんせんシヴァは口下手だ。上手く説得できずに苦労したのだろう。

それが今は、「あのときしっかり説得できていれば」という後悔に繋がっているのかもしれない。

「大丈夫ですよ、シヴァ様。きっとシヴァ様がどれだけ丁寧に断っていたとしても、これは避けられないことだったでしょうから」

ルイーザはきっとプライドだけでシヴァとの結婚を求めたわけではないだろう。

そこに恋心が絡んでいれば、なおのこと簡単な話ではない。

しかも、これまでルイーザが座っていた席に、ロージーがシヴァの妻として座ろうとしている。

彼女からすればいけ好かないことばかりだ。

反発は必至だったに違いない。

これがロージー以外でも同じこと。

だが、幸運なことにマヤが支えてくれて、シヴァが愛してくれている。

だから負けるつもりもないと思っていた。

それからお茶会を何度も催し、そのたびにいろんな人を招待した。

軍人の妻たちの集まりにも顔を出し、マヤ伝いに紹介してもらったり挨拶したりして顔を広げていった。

おかげでお茶会に出席する人数も増え、交流も深まっていく。

ようやく足掛かりができたと思っていた頃、ロージーはある話を耳にする。

「とうとうルイーザ様とコーニーリアス様の婚約がまとまったそうですよ」

「まぁ！　さしものルイーザ様もあの熱烈求婚に折れたわけですね」

聞き逃せない話題が舞い込んできて、ロージーは思わず彼女たちの話に注目した。

これまであまりお茶会の場でルイーザの名前は出てこなかった。招待客たちが気を遣ってくれていたのだろう。

けれども、わざわざ彼女の話題を出したということは、それこそ無視できない話題なのだろう。

「コーニーリアス様って……たしかヴォージル公爵の嫡男でしたわね。皇帝陛下のご親戚の……」

ロージーにも聞き覚えがある名前だ。

皇帝の弟の孫。

シヴァが新たな将軍に就任したのとほぼ同時期に、新たな宰相として就任したヴォージル公爵の息子だった。

（……そうよ。たしか、ルイーザ様はコーニーリアス様との婚約パーティーの日に毒殺されて……それが原因で前将軍が皇帝陛下に対して反乱を起こして……）

――そしてそれを治めるために出征したシヴァは戦死する。

これが一度目のときに起きた悲劇だ。

ロージーの未来が変わったのだから、これからも明るい人生が待っていると信じてやまなかったが、根本の原因は解決していない。

ルイーザの毒殺。

それがすべてのはじまりだったのだ。

「コーニーリアス様、ルイーザ様に一目惚れをしてその場ですぐにプロポーズをしたんです。私もその場にいましたので、かなりの騒ぎになって大変でした」

ある妻がそのときのことを話してくれた。

今もそうだが、当時はそのプロポーズが問題視され、議論を呼んだ。

もともと、将軍と宰相の首を挿《す》げ替《か》えたのはこれ以上両者の拮抗《きっこう》を大きくしないためだった。

文と武の長の衝突はいい結果をもたらさない。

だからシヴァはルイーザと結婚せず、貴族令嬢を妻に迎えた。

ところが、新宰相の息子が前将軍の娘と結ばれるかもしれない。そうなったときに心穏やかではいられなかったのは皇帝に無理矢理蟄居《ちっきょ》を命じられた前宰相だろう。

公爵家に抗議し、皇帝にも絶対に結婚など許可しないように進言していた。

もしこの結婚で前将軍がルイーザを利用して政界に進出してきたらどうするんだ、何のために自分は退いたのだと叫んで。

一方、皇帝もこのプロポーズには頭を悩ませていたらしい。

許せば反発は必至。だが、孫のように可愛がっていたコーニーリアスの恋も叶えてやりたい。

長い間、結論を出せずにいた。

さらにルイーザもプロポーズを受け入れるつもりはなかったらしい。すぐに断り、コーニーリアスを避けていた。

ところが、コーニーリアスは諦める様子を見せず、あろうことか皇帝を説得にかかった。

これは不和を呼ぶ結婚とはならない。

分断されていた文と武が再び手を取り合い、力を合わせていく。そのきっかけになる結婚になるのだと。

「それでとうとう陛下も折れて結婚を許可したらしいのです。そうしたら、ルイーザ様ももう断ることができないでしょう？」

だから今回、婚約と相成ったわけだ。

そして婚約パーティーが開かれる。

ルイーザが毒で殺されるという悲劇のパーティーが。

彼女に毒を盛ったのは、状況的にコーニーリアスしかいないと言われていた。

実はかなり強引な手を使って婚約に漕《こ》ぎつけたコーニーリアスにルイーザは腹を立て、パーティー中に喧嘩《けんか》をしていたらしい。

口論は過激になり、ルイーザは結婚したとしてもコーニーリアスと一緒に住まないし結婚生活をともに送ることはない。生涯愛することもないだろう、と告げた上で『私にはずっと好きな人がいるのよ』と言ったらしい。

その言葉にコーニーリアスは絶望し、愛が憎しみに替わっていったのだと。

だから、殺してしまったのだと言われていた。

捜査をした軍もそう結論付けることしかできなかったのだ。状況証拠が揃っていて、喧嘩をしていたという証言まで出てきた以上、嫌疑をかけないわけにはいかない。

ところが、皇帝はそれを受け入れずさらなる調査を命令する。

その際、コーニーリアスの聴取は絶対に許さないと言って、彼をどこかに匿《かくま》ってしまったのだ。

もし、ここでコーニーリアスの罪を認めてしまえば、さらなる混乱を招く。

ようやく埋まり始めていた両者の溝をさらに深めることになるだろう。

ならば曖昧なままにしてやり過ごした方がいいだろうという判断だった。

ところが、それに納得がいかなかったのがルイーザの父である前将軍と彼を慕う軍人たちだ。

皇帝にコーニーリアスを出すようにと求め、尋問をさせてほしいと嘆願した。

それでもコーニーリアスは表に出てくることはなく、皇帝も彼を守り続けて膠着《こうちゃく》状態が続く。

ここで行動に出たのが前将軍だった。兵を集めて力づくでコーニーリアスを引きずり出そうとしたのだ。

皇帝はシヴァに反乱を治めるように命じる。

（……そしてシヴァ様は命を落としてしまう）

これから起きてしまうことを想像して、ゾッと悪寒を走らせた。

「今度おふたりの婚約パーティーが開かれるらしいですわ」

「まぁ！　どんなパーティーになるか、興味ありますわね」

「そうは言っても私たちはきっとお呼ばれされませんわ。ロージー様と一緒にお茶を飲んでいる時点でルイーザ様には裏切り者扱いされているでしょうからね」

「……申し訳ございません」

「あ！　いえいえ！　ロージー様のせいとかではなく、これは私たちが選んだことですから当然です」

だから気にしないでほしいと言われ、「分かりました」と小さな声で答えた。

「でも、これでルイーザ様がロージー様に対抗する理由はなくなりましたわね。少し肩の荷が下りたのではありませんか？」

隣にいたマヤがそっと耳打ちしてくる。

ロージーは苦笑いを返すことしかできなかった。

(どうにか、ルイーザ様の毒殺を食い止めることができればいいのだけれど)

だが、果たしてロージーのもとに婚約パーティーの招待状が届くだろうか。現状望みが薄い気がする。

あるとしたら、シヴァへの招待だろうか。

前将軍の娘の婚約を現将軍が祝うのは何らおかしくない。

もし招待状が届かなくても、どうにか潜入できるすべがないか考えておかなければ。

そう頭を悩ませていたが、しばらくして招待状が届く。

意外なことにロージーの出席も促す内容の招待状だったために驚いたが、同時によかったとホッと胸を撫で下ろした。

これでルイーザを救う機会を得られる。

シヴァを守るために、何としてでも彼女を守らなければと計画を立て始めた。

「シヴァ様、お願いがあるのですが……」

「なんだ？」

眠る前にトーアの前に紐を垂らして遊んでいるシヴァに話しかける。

普段あまりお願い事をしてこないロージーが、改めてお願いしたいことがあると言うのだ、彼は少し喜んだ顔をして聞いてきた。

「今度ルイーザ様の婚約パーティーがありますでしょう？　それ用に新しくドレスを作りたいのですが……」

「もちろん構わない。ついでに何着かつくっておくといい」

何だそんなことか、と言わんばかりにあっさり承諾してくれたシヴァは、さっそく仕立屋を呼ぶように家令に伝えておこうと言ってくれた。

「ありがとうございます」

これでパーティー当日は動きやすくなるだろうと安堵する。

新しいドレスは動きやすいもので、かついろんなところに隠しポケットがついたものにしてもらうつもりだ。

そこに解毒剤やら、身を守れるものやらを入れて持っていく。

非力な自分がどこまでできるか分からないが、できるだけの準備をしておこう。

「ドレスの色とかは決まっているのか？　俺はそういうことに疎いからよく分からないが、貴女の好きな色などどうだろうか」

「そうですね……」

迷う素振りをしながらシヴァを見つめる。

いっそのこと彼に打ち明けてしまおうかとも思ったが、時が戻ったなんて話を信じてもらえるとは思えない。

彼ならば「ロージーの言うことなら信じる」と言ってくれるだろうが、それでも証明しようがないものに疑いを持つなという方が無茶《むちゃ》な話だ。

加えてシヴァの立場も微妙なものだ。

結婚を断った女性の婚約をぶち壊してしまうかもしれない。そうなれば、シヴァがなんと言われるか。

それはロージーも同じだが、それでも自分の場合は、以前夫と噂になっていたルイーザへの嫉妬ということにできる。

もちろんそれなりの代償を伴うだろうが、シヴァを失うくらいならそのくらいなんてことない。

「薄ピンクとかオレンジなど好きです」

「そうか。貴女に似合っている色だな」

優しく微笑むシヴァにロージーは大きく頷く。

（私が守りますからね、シヴァ様）

ふたりの未来のために、また未来を変えるのだと決意を新たにした。

ありとあらゆる解毒剤を手に入れ、何かあったときのために小型のナイフも用意しておく。

ナイフは脚にベルトをつけてスカートの中に隠し持ち、解毒剤はたくさんつくったポケットに忍ばせておいた。

婚約パーティー当日、鏡に映る自分を見つめる。

濃いピンクの生地に、金色の刺繡《ししゅう》が入ったそれは自分でも素敵だと思うくらいに似合っていた。

あくまで主役はルイーザなので、派手すぎず、でも地味すぎないものをつくるのはなかなか苦労したが、それでもプロの仕立屋はさすがだ。

デコルテが大きく開いたネックラインに、ギャザーを寄せたフリルを幾重にも重ねた肘丈の袖、ドレープスカート。

大きなダイヤモンドを塡め込んだ髪飾りで軽く華やかさを足せば、上品な貴婦人のようなロージーができあがった。

(凄く……大人っぽい！)

いつもよりも素敵に見えるのは大人っぽさが出ているからだろう。

鏡を食い入るように見つめていた。

「凄く素敵ですよ！　旦那様もますます奥様に惚れ直すこと間違いなしです！」

メアリーも太鼓判を押してくれる。嬉しくて頰が緩んだ。

「でも奥様、素敵すぎてパーティーに行くまでに旦那様に脱がされないようにお気を付けくださいね」

「め、メアリー！」

思わず顔を真っ赤にして誰かに聞かれていないか確認してしまった。もちろんメアリーとふたりきりなのでそんな心配はなかったが。

（シヴァ様も気に入ってくれるかしら？）

早く感想が聞きたいと、少し時間は早いが部屋を出た。

すると、扉を開けるとすぐそばにシヴァが立って待っていたのだ。まさかこんなところにいるとは思わず驚いて悲鳴を上げ、後ろに倒れ込みそうになる。

「あ！　す、すまない！」

慌ててシヴァがロージーの腰に手を回して支えてくれた。

「大丈夫か？」

「……はい。ありがとうございます」

目を開けるとシヴァの顔が近くにあって、ロージーはどきりとする。

漆黒の軍の正装に、銀色の髪の毛を後ろに撫でつけた姿。

いつも以上に顔立ちがはっきりと見えて、その分男前ぶりも上がっている気がする。あまりの格好良さに心の中で黄色い悲鳴を上げた。

一方シヴァもロージーを見つめていて、瞬きひとつしていない。

変だっただろうかと自分の姿を見下ろしたり、彼の顔を見たりしていると、みるみるうちにシヴァの顔が真っ赤に染まっていった。

「……勘弁してくれ。そんなに美しいだなんて反則だ。貴女を他の男たちの目に晒すなんてできなくなるだろう……」

グググと眉間に皺を寄せた彼は、苦悶《くもん》の表情を浮かべる。

「でも、シヴァ様も素敵ですから、きっと皆さんシヴァ様の方に釘付《くぎづ》けになってしまいますよ」

シヴァが目立つのでロージーに目がいかないだろうと思ったのだが、彼は無言で首を横に振ってきた。

「……はぁ……外に出すか本気で悩んでしまう……」

じぃっと見つめられる。

その赤い瞳が美味《おい》しいものを目の前に差し出された獣のように見えて、先ほどのメアリーの言葉を思い出した。

(……本当に脱がせるわけではない……わよね?)

シヴァの今の目を見ているとありえなくない話のような気がした。

苦労の末結ばれてからというもの、ことあるごとにシヴァはロージーを求めてくる。ロージーもそれに喜んで応え、熱い夜を過ごしたのもすでに一度や二度ではない。

挿入にはまだ馴《な》らす時間がたっぷり必要なものの、以前のように痛みで中断するということはなくなった。

潤滑剤の出番も少なくなり、いまやシヴァの手管だけで挿入できるようになっている。

おかげで以前よりも仲睦まじくなってきているような気がしていた。

「そんなこと言っていますけど、シヴァ様だっていつもよりさらに素敵になっているではないですか。気を付けてくださいませ。どこで令嬢方が狙っているか分かりませんわ」

「俺にそんな心配はない。分かっているだろう？」

どうしてそんなことを？　と首を傾げているが、本人は無自覚なのだろう。

最近雰囲気が柔らかくなりつつあって、ロージーと一緒にいるときに見せる柔和な笑みに心惹かれている女性たちがいるというのに。

「いつもみたいにきりっとした顔をしていてくださいね」

「わ、分かった」

そうは言ったものの、よく分かっていないのだろう。

「行きましょうか、シヴァ様」

今日はルイーザの毒殺を食い止めるために、シヴァとは一緒にいる時間が少なくなるだろう。

彼が他の女性にちょっかいを出されないか心配だが、いつもどおりのシヴァであればむやみに近づいてこないはずだ。

会場につくまで、ことあるごとに「可愛い顔をしないでください」と注意をした。

ところが、婚約パーティーの会場に足を踏み入れると、シヴァがロージーの腰を抱いて歩き出す。

エスコートをしてくれているのだろうが、シヴァは普段人前でくっついたりしない人だ。

だから、らしくない行動に戸惑う。

「シヴァ様、そんなにくっつかなくても……」

「俺に他の女性の前で優しい顔をしないでほしいと言うのであれば、俺も貴女に離れないでほしいと願ってもいいだろう？」

そこは等価交換ではないのか？　と聞かれウッと言葉に詰まった。

だが、このままではロージーは身動きが取れなくなる。

できれば会場に着いた瞬間にルイーザに張り付いていたいのだが、シヴァのこの様子を見るに許してくれなさそうだ。

「ですが、女性同士の集まりのときは放してくださいますでしょう？」

「そのときはそうだな。だが、それ以外は俺の側にいてほしい。……周りを見てみろ。皆貴女の美しさに見蕩れている」

そんなはずはないだろうと辺りを見渡すと、たしかに注目を集めているようだった。

だが、それはロージーが綺麗だからとかではなく、皆シヴァの様子に興味を示している。

あの冷徹で厳格な彼が、結婚して妻にべったりしているという姿に驚いているのだろう。

「……あの……多分そうではないと思います」

「ん？」

こういう視線に疎いのもシヴァらしいと言えばシヴァらしい。

「シヴァ！　シヴァ、来てくれたのね！」

クスクスと笑って微笑ましく思っていると、後ろから声をかけてきた人がいた。

ふたりで振り返ると、そこにはひとりの女性が立っている。

「ルイーザ……」

（この方がルイーザ様……）

今日の主賓であり、守護対象である人が話しかけてきてくれたのだ。

「久しぶりね、シヴァ。元気にしていたの？　最近はお父様にも会いに来てくれなくて、寂しく思っていたのよ？」

金色の髪の毛、大人びた顔立ち、色香を感じる雰囲気。

シヴァと並んでもロージーほどの身長差を感じさせないし、隣に並んでいてもお似合いのふたりだと誰もが一度は思うだろう。

しかも仲良さそうにルイーザはシヴァの腕に手を当てて話している。

彼らの付き合いの長さを窺い知ることができた。

「ルイーザ、こちら俺の妻であるロージーだ。ロージー、ルイーザだ」

おそらくシヴァにとっては気まずい場面だろう。どことなく顔が引き攣っている気がする。

「ロージー様、ご挨拶が遅くなりまして申し訳ございません。ルイーザです。シヴァとは父ともども昔からの仲でして、ついはしゃいでしまいましたわ」

たおやかに微笑む彼女は、最初からシヴァとの仲をアピールしてきた。

謝罪の言葉を口にしながらも暗に貴女なんか目に入らなかったわと言われているようで、さっそく牽制《けんせい》をされた気がした。

だが、ここに気圧されてはいけない。

一歩進み出て、にこりと微笑む。

「改めまして、シヴァの妻・ロージーです。ルイーザ様、このたびはご婚約おめでとうございます」

「お祝いの言葉、ありがとうございます」

同じくルイーザも微笑む。

一見、優しく穏やかな笑みを浮かべているが、言葉の端々に棘《とげ》を感じる。ロージーをチクチクと刺し、いたぶるタイプの人だ。

マヤからそれとなくルイーザのことを聞いていたが、その通りの人らしい。

これは張り付いて守るというのはなかなか難しそうだと、心の中で焦りを覚えていた。

「ルイーザ様、私、軍のこと、軍人の妻としての心得をいまだ勉強中です。今日はぜひいろんなことを教えてください！」

そうなれば、意地でも食らいついていくしかない。

ルイーザの敵意など気付かぬふりをして、彼女に教えを乞うように見せて側にいるしかなかった。

現状、ロージーは軍の中では新参者。気質もあるが、ルイーザとの対立は望んでいない。

「……そんな、私に教えられることなどありませんわ」

「謙遜なさらないでください。ルイーザ様から学ぶことは多いと思います」

先ほどから仮面のようにぴったりと張り付いて崩れない笑顔が怖い。

気に入らない相手にこんなことを言われて疎ましく思われるのは分かっているが、これしかないと心の中で謝りながらなおも話しかけた。

ルイーザも人目がある以上、邪険にはできないのだろう。

ときおり笑顔を引き攣らせながら受け答えをしてくれた。

「……私、他の方たちにもご挨拶にいかなければいけませんので、これで失礼いたします。楽しんでください」

だが、途中で逃げられてしまう。

あっという間に目の前から消えて他の人と話し始めた彼女の後ろ姿を見て、どうしようと悩んだ。

この作戦はあまり得策ではないだろう。

主賓であるルイーザは忙しくいろんな人たちのもとに行くだろうし、そんな彼女を追いかけ回せば逃げてしまう。

行き過ぎれば、危険人物として会場から出されてしまう可能性もあり得た。

（やっぱりここは的を絞って動いた方が良さそうね）

ずっと、ルイーザがどのタイミングで毒を盛られたのかを考えていた。

そこで一度目の時、『コーニーリアスが犯人と判断するしかない』と言えるほどの状況証拠があったことに着目したのだ。

パーティー会場は人が溢れかえっている。

ここで殺されれば、誰が毒を盛ってもおかしくないし、誰に容疑がかけられても仕方がないシチュエーションだ。

それなのに、犯人はコーニーリアスだと言い切れるのは、おそらく彼とふたりきりのときにルイーザが亡くなったからかもしれない。

つまり殺害現場はここではないどこかだ。

会場である公爵邸のどこかで、パーティー中にこっそり抜け出してふたりきりになるタイミングがあるはず。

そのときを狙って、ルイーザが毒を摂取するのを食い止めるという作戦でいこうと考えていた。

あとは、そのときを窺うだけなのだが……。

「ロージー、どこに行こうとしているんだ？」

ルイーザの姿を見失うたびに探しに行こうとするロージーを、シヴァが引き留めるのだ。

一緒についていくと言い、一人きりにさせてくれない。

こういった社交の場は華やかだが、一方で危険もある。

不埒《ふらち》な輩《やから》が女性に乱暴を働くなんてことも聞いたりするので、彼もそれを警戒しているのだろう。

必死に守ろうとしてくれている彼の気持ちが痛いほどわかる。ロージーだってシヴァを守るために動いているのだから。

だから彼を邪険にもできず、曖昧な返事をするしかなかった。

そんなとき、ルイーザがコーニーリアスと一緒にどこかに行く姿が見えた。

彼らはバルコニーの方へ行くようで、もしかしたらとロージーはごくりと息を吞む。

「シヴァ様、私、マヤ様のお姿を見た気がしましたので、ご挨拶に行きますね！」

もうこれで強行するしかないと急いでその場を離れた。

人を掻《か》き分け、どうにかこうにかバルコニーに辿《たど》り着く。

すると、喧嘩をする声が聞こえてきた。

「君がシヴァ将軍を諦めていないのは分かっている！　だがもう婚約までしたんだ、少しくらい僕に靡《なび》いてくれてもいいだろう！」

「だから妥協はしているではないですか。婚約まで承諾して、こうやって公にして。不本意な結婚に対して私は十分やっているわ。これ以上求めないでください」

さすがにこの中を突入するのは憚られたので足を止めて、ちらりと中の様子を窺う。

ロージーと同様にふたりが争う声を聞きつけて興味本位に覗き込んでいる人がいた。

(なるほどね。この喧嘩がのちのち殺害動機としてあげられてしまうのね)

自分たちが主役で、しかも人が集まる中で言い争いをしてしまうなんて、よほど互いに腹に据えかねるものがあったのだろう。

(このままコーニーリアス様が毒を無理矢理飲ませるとかしたらどうしよう……)

そのときは大声を出して助けを求めるしかないが、どうか早まらないでとコーニーリアスに心の中でお願いをした。

「も、求めないでって……僕たちは夫婦になるんだ。なら、妻として当然のことを求めて何が悪い」

「何が夫婦よ。何が妻よ。勝手に好きだと熱を上げて、勝手に陛下に許可をもらって、私を追い詰めたくせに。この結婚は皆が喜ぶものではないと貴方も知っているでしょう?」

「あぁ。特に君が喜んでいないということは、今ヒシヒシと伝わってきている」

一触即発。何かの拍子で互いの怒りが爆発しそうだとハラハラする。

「だから、私、たとえこのまま貴方と結婚しても一緒に暮らさないし、夫婦としても過ごすつもりはないわ。……私はこれからもずっと、貴方を愛さない」

くしゃりとルイーザの美しい顔が歪む。

そしてバルコニーから出て行こうとした。

「あ……」

ところが、そのときにロージーとかち合ってしまい、話を聞いていたのがバレてしまう。

焦るロージーの表情とは対照的に、ルイーザの顔がみるみる怖いものになっていく。

だが、すぐに泣きそうなものに変わる。

「……無様でしょう。本当に愛する人には結婚を断られて、これから結婚しようとしている人のことを受け入れ切れない」

「ルイーザ様……」

「笑えばいいわ。笑って、この醜態を皆に広めてよ」

そう言ってどこかへと駆けて行ってしまう。

「ルイーザ！」

コーニーリアスもすぐにバルコニーから出てきて、彼女の姿を探していた。

（もしかしてここで喧嘩をしたのは、婚約をなかったものにするため？）

淑女然としたルイーザが、場所もわきまえずに感情的な振る舞いをしたのは、もしかしたら皇帝が結婚を認めている以上もう自分に打てる手はなく、最後に一矢報いるための策だったのかもしれない。

望まぬ結婚。どうしようと惑う心。

ロージーも最初にシヴァと結婚するようにと言われたとき、無理だと拒絶した。

あんな怖い人と一緒に暮らすなんて無理だとメアリーに泣き言を漏らす日々を暮らしていたのだ。

実際、一度目のとき、先ほどルイーザが言うような夫婦生活を送った。

そこから運よく時が戻り、シヴァという人を知って愛し合うことができたが、それは本当に奇跡だ。

どうやっても相容《あいい》れない夫婦はいるものだから。

ここでロージーが「諦めないで」とか耳障りのいいことを言ったとしても上滑りするだろう。その発言に責任を持つことができないのだから。

でも、側に寄り添いたいとは思う。

ルイーザの姿を探し、いろんな人に行方を聞く。

すると、彼女は休みたいと休憩用に用意された部屋に向かっていったという話を聞く事ができた。

急いでそちらに向かうと、ちょうど部屋の近くで女性の使用人が佇んでいるのが見えた。

柱の影に隠れて男性の使用人も一緒にいる。

「これを飲ませろ」

男が女性に渡したのは水差しだった。

それだけならば、男性が女性のために水差しを持ってきてあげただけの光景に見えただろう。

だが、女性の顔が青褪めていた。

水差しを受け取る手が震えていて、どことなく様子がおかしい。

「あの!」

ロージーの勘が何かを告げ、咄嗟に声をかけてふたりを足止めしようとした。

ところが男性が女性に早く行けと手で指示し、彼女は水差しを持ったまま離れていく。

「す、少し待っていただけますか？」

慌てて女性を引き留めるために駆けつけようとしたが、男性がロージーの前に立ちはだかる。

「どうかされましたか？　私の方でお聞きいたします」

こちらを見下ろし、絶対にここから先は行かせないとばかりに、笑顔で威圧をかけてきた。

「……できれば女性の方にお願いしたいのですが」

「ならば他の者を呼んできますので、ここでお待ちを」

「いいえ、先ほどの女性にお願いしたいのです」

「あの者は今他の用事で手が離せませんので、他の者にお願いした方がよろしいかと」

「あの人ではダメな理由があるのですか？」

突っ込んで聞くと、男性は笑顔のまま静止する。

「私、この先に用事があるので失礼いたします」

早く行かないと、手遅れになるかもしれない。

万が一あの水差しに毒が入っていて、それがルイーザの口に入ってしまったら悲劇のはじまりだ。

強引にでもここを通させてもらおうと、男性の脇を通り過ぎようとした。

「めんどくせぇなぁ。くそっ」

すると、男性は悪態を吐いてロージーの腕を掴《つか》み上《あ》げてきた。

「きゃっ！」

「お客様、ダメなモンはダメなんすよ。聞き分けがない女だな」

腕で身体を押さえ付けられ拘束され、助けを求めようと開いた口を大きな手で塞がれる。

「大人しくしてな。もう少しで終わるからよぉ」

（やっぱり何かある！）

女性の方を見ると、どこかの部屋に入っていくところだった。

そこに誰かがいて、水を渡そうとしているのだろう。

そうはさせまいと必死に暴れる。

だが、ロージーの小さな身体ではすぐに抑え込まれてビクともしない。それどころか仕置きとばかりに腕で強く胸を締めつけられて、痛みに呻いた。

（守らなきゃ……！　守らなきゃ！）

ルイーザを、――シヴァを。

その一心でロージーは足掻《あが》き続けた。

「――何をしている！」

胸が締め付けられて上手く息ができず、意識が遠のいてきたとき声が聞こえてきた。

拘束が解かれ、一気に肺の中に空気が入り込む。

激しく噎せこむ中で聞いた、誰かを殴る音、吹っ飛んで倒れ込む音。

「大丈夫か！」

それと、いつも安心させてくれる愛おしい人の声。

あっという間に男を殴り気絶させたシヴァは、ロージーの背中を擦りながら必死な形相で言ってきた。

「もう大丈夫だ、ロージー。息をゆっくりしろ！　大丈夫だ！」

彼の「大丈夫」ほど安心できるものはない。

きっと勝手にいなくなったロージーを心配して方々探し回ったのだろう。そして男に襲われている場面を見つけて助けてくれた。

安心するあまり気が抜けて、この場で泣き崩れそうになる。

けれどもまだ終わりではない。

「……シヴァ様、ありがとうございます」

まだ咳が残る声でお礼を言うと、すぐさま立ち上がり先ほど女性が入っていった部屋へと駆けていく。

ちょうど青褪めた顔の女性が部屋から出てきたところで、彼女を押し退けて部屋へと入っていった。

中にはルイーザと、そしてコーニーリアスがいた。

目に飛び込んできたのは、まさにコーニーリアスがグラスに注いだ水をルイーザに渡して彼女が飲もうとしていた場面。

「……ダメっ！」

叫んで必死に飛び掛かった。

「な、なに⁉」

ルイーザの悲鳴と、コーニーリアスの驚きの声。

それでも必死にロージーはコップを掴んで、彼女の口の中に入ろうとしていたところを止めた。

その際に水が零れてロージーの顔にかかってしまう。

息を荒げ、手を震わせて間一髪のところで止められたという緊張と驚き、そして少しでも遅れていたらという恐怖で動けなくなった。

「なんなの突然！」

「……も、申し訳ございません」

ルイーザの怒鳴る声が耳に響くが、ロージーは呆然としながら謝ることしかできなかった。

「ロージー！」

追いかけてきたシヴァが声をかけ、「どうしたんだ」と声をかけるものの、口が上手く動かない。

それどころか上手く息ができなくて、喉が凍ってしまったかのように動いてくれなかった。

（……そうか……顔にかかった水が口の中に……）

それとも皮膚からも浸透する毒だったのか。

「……どうした？　ロージー……ロージー？　おい！　息をしろ！」

意識が遠のく。

シヴァの声が途切れ途切れに聞こえてきて、ぐるりと世界が回った。

「ロージー！」

彼が呼ぶ声と、ルイーザの悲鳴。

（……あぁ、よかった……守れた……）

そのことに心から安堵したロージーの意識はふと途切れた。

第四章

「早く医者を呼べ！」

倒れたロージーを抱きかかえてコーニーリアスに叫ぶ。

彼もすぐさま動いて部屋の外に助けを呼びに行ってくれた。

その間も、シヴァはロージーに声をかけ続ける。

彼女の首を反らし、息をしやすいようにして「息をしろ」と必死にお願いをした。

「ロージー……お願いだ……お願いだから息をしてくれ……」

何が起こっている。

彼女の身にいったい何が起きたのか。

先ほど男に襲われたときに怪我を負ったのだろうか。

それとも顔が濡れていることが原因なのか。

「……医者はまだかっ」

心臓が潰れてしまいそうだ。

不安と恐怖で、ロージーと一緒に呼吸が止まってしまいそうだった。

「……ロージー」

祈るように彼女の胸に顔を埋める。

すると、かすかに胸が上下していることに気付き、ハッとする。

「ロージー！」

よかった。わずかだが呼吸ができていると一縷の希望を見出《みいだ》すことができた。

ジッとしていられないと彼女を抱き上げて、駆けつけてくるであろう医者のもとに運んでいこうとする。

そのときあるものを見つけて、シヴァは目を瞠《みは》った。

◇◇◇

「……申し訳ございませんでした」

「……俺は謝ってほしいんじゃないんだ。ただ、どうして俺に相談してくれなかったのかと聞きたい。どうして頼ってくれなかったのか」

しゅんと肩を落とし、心の底から申し訳なさそうな顔をするロージーを見て、ずっと燻っていた怒りと失望が溢れてくる。

これはロージーへの怒りや失望ではない。

自分に向けての感情だ。

どうしてあのときすぐに追いかけなかったのだろう。

マヤに挨拶に行くと言って離れた彼女を見送り、いつまでも戻ってこないロージーを探して回った。今日マヤは招待されていないと知り、何かあったのかと血眼になって探した先に見たのは、彼女が男に襲われている姿。

肝が冷え、手加減も忘れて男を殴り倒してしまったが、それでもロージーはどこかに行こうとしていた。

（もし、あのとき俺が止めていれば……）

引き留めて自分があの水を被っていれば、こんなにつらい思いをすることはなかっただろう。

息を吹き返したロージーを医者に診せると、おそらく少量の毒を摂取してしまったのだろうと言われた。

もしかしてと思い、ロージーが掴んでいた水差しを調べる。

するとそこには致死量の毒が混ぜ込まれていたのだ。

狙われたのはルイーザと考えられる。

実行犯はルイーザに水を持って来た使用人の女、そしてロージーを襲っていた男を共犯として逮捕し、取り調べを受けさせている。

ロージーが目を覚ましたのは医者に診せてから少し経ったあと。

後遺症などはなく、今は回復したがそれでもシヴァの不安は尽きなかった。

もし、何かの拍子にロージーが倒れてしまったら。

息を止めてしまったら。

医者は大丈夫だと言っていたが、安心はできない。

だってシヴァは知ってしまった。

一瞬でもロージーを喪《うしな》ってしまった世界を。

彼女の息が止まったと知ったとき味わった、底知れない絶望を。

いつか別れはくる。

人間は生まれ落ちた瞬間から死に向かって生きていくのだから。

それは戦場に身を置いてきたシヴァがよく知っている。

自分自身、死と隣り合わせで生きていると自覚していたからだ。

だが、ロージーの身もまた同じだと実感したとき、酷く動揺し、自分の無力さを実感してしまった。

——怖い。

こんなに恐怖を抱いたのは初めてだ。

「あの使用人のふたりが怪しい話をしていたのを聞き、水差しに薬のようなものを入れたのを見て危険なものだと思い止めに入ったと」

「はい。男の人が私の言葉に過剰に反応したので、やはり疚《やま》しいことがあるのだろうと思い、水差しを持っていく女性を引き留めようとしたのですが……あんなことに……」

あんなこと、と言われて、あの男がロージーの身体に腕を巻きつけて痛めつけていた光景を思い出し、指が真っ白になるくらい強く拳を握り締めた。

手のひらにじくじくとした痛みが広がったので、おそらく傷つけたのだろう。だが、この痛みがシヴァの頭を冷静にしてくれていた。

「ルイーザを守ろうとしていたんだな」

「……はい」

「そうか」

事の経緯は取り調べであの男が話していたこととつじつまが合う。

彼らもルイーザを狙ってやったことだと自白したが、残念ながら黒幕は分からずじまい。

あのふたりは夫婦で、女性は公爵家に仕えている使用人らしい。

旦那であるあの男が今回の話を持ってきて、大金を稼げるからと妻を唆したようだ。暴力で言うことを聞かせて、実行に移させたクズでもある。

男は金に目がくらみ、誰とも分からぬ男の依頼を受けた。

その際、水差しに入れる粉は毒ではなく、睡眠薬だと言われたらしい。

ルイーザを誘拐して身代金を要求するつもりだ。成功したら分け前を渡すと言われ、それに乗っただけで殺すつもりはなかったのだと。

まだ調査中だが、どちらにせよルイーザを狙っている者がいるというのはたしかだ。

ロージーはそれに巻き込まれた形だが……。

シヴァは懐のポケットからあるものを取り出す。

「なら、これについて聞いてもいいだろうか。倒れたとき、貴女のポケットから落ちてきたものだ」

「……あ」

ロージーの顔色が変わったのが分かった。

「悪いが小包の中身を調べさせてもらった。……解毒剤だと言われて、俺は今、これをどう解釈していいか分からずにいる」

はっきり言って用意がいい。

まるでルイーザが毒を盛られることを最初から知っていたかのようだ。

しかもこれだけではない。たくさんつけられたポケットにいろんな種類の解毒剤と、スカートの中に小型のナイフも隠し持っていた。

これだけでただごとではないと分かる。

「もしかして、最初からこうなることが分かっていたのか？　それであんなに必死になって食い止めようと？　でも何故。どこでそれを知ったんだ。どうしてそれを俺に相談してくれない」

口調が徐々に責めるものになっていく。

責めたいわけではない。だが、自分が知らないうちにロージーが危ない目に遭っているのではないか、危険な橋を渡っているのではないかと不安で仕方がない。

「……お願いだ……危ないことをしないでくれ。何かあれば俺を頼ってくれないか。困っていることがあれば言ってほしい。……お互いに素直になろうと言ってくれたのは貴女だろう?」

それなのにどうしてひとりでやろうとするのか。

頼ってもらえない自分が情けなくて悔しくて、ロージーを深く愛している分悲しみも深い。

「俺に話してくれないか」

ロージーの手を握り、シヴァは懇願する。

どうか貴女の憂いを払う手伝いをさせてほしいと。

「……シヴァ様」

沈んだ、静かな声が聞こえてくる。

どんな真実でも受け止めよう。

そして必ずロージーを救うのだと、彼女の答えを待って密かに息を呑んだ。

「こんな話、信じられないと思います。私だって信じられなかった。でも……私の中では真実です。この真実のおかげで、今の私、そして今のシヴァ様がいるんです」

茶化《ちゃか》しも嘘もない、真っ直ぐとこちらを見つめる桃色の瞳。

初夜を迎えようとした日、シヴァが彼女に選択を迫ったとき見た目と同じだ。

同じ力強さで見つめてきていた。

「私は二度、同じ時間を過ごしています」

――それからロージーが話してくれたことは、俄《にわ》かに信じがたいものだった。

荒唐無稽とも言える、あり得ない話。

時が戻ってシヴァとの結婚生活をやり直しているだなんて、簡単に信じるわけにはいかないだろう。

けれども……。

「……そうか……貴女は俺とやり直すために、俺を守るために戻って来てくれたのだな」

どうしてだろう。

その話がストンと胸に落ちてきたのだ。

「こんな話、信じてくれるのですか？」

ロージーがこちらを窺うような目を向けてきた。

(信じる、か)

そう聞かれれば、答えを出すのは難しい。

「俺は貴女を信じている。どこまでも、ずっと。だが、今の話を信じるかは別の話だ。……簡単に信じられないはずなんだけどな……」

そう言って、シヴァはフッと笑う。

「死ぬまで貴女に会わず、戦いの前に遺書を託す。あの頃の俺ならばたしかにやりそうなことだと思ってな。だから、なるほどなと思ってしまったんだ。そう思った時点で、俺はこの話を信じるしかない」

疑問はあとからいくらでも沸いてくるかもしれない。

それでも、何よりも嬉しかったのは彼女が自分とやり直したいと願ってくれたこと。

そして、やり直すために奮闘してくれたことに感謝しかない。

どうしようもない愚か者を、彼女はその奇跡で救ってくれたのだ。

「ありがとう。俺に会いに戻ってきてくれて。俺とやり直すと決めてくれて」

「あの手紙があったから私は動けたんです。シヴァ様が本心を綴ってくださらなければ、私のために髪飾りを贈ってくださらなければ、叶わなかった願いでした」

臆病者ふたりで起こした奇跡。

それを今、噛み締めてここにいる幸せに感謝する。

「なら、なおのことお願いだ。ひとりで戦おうとしないでくれ」

「分かりました。一緒に戦ってくださいますか？　シヴァ様」

「もちろんだ」

抱き締めて、改めて約束をした。

素直になること、一緒に戦うこと。

ふたりで幸せになることを諦めないこと。

絶対に一度目とは違う道を歩むことを誓う。

「ロージー……」

熱を帯びた声で彼女を呼び、軽くキスをする。

いったん離れたが、やはり離れるのが寂しくてもう一度キスをした。

(ロージーはまだ病み上がりなのに……)

それなのに邪《よこしま》な欲が鎌首をもたげさせている。

最後、最後と思いながら何度も唇を奪った。

「……ぅン……あぅ……はぁ……あ……シヴァ、さま……」

「ん？　どうした？」

なんとわざとらしいんだと、心の中で嘲笑する。

本当は彼女が何を言いたいのか分かっている。

でも、言葉を引き出したくて分からないふりをした。

ロージーの耳の後ろをくすぐり、燻る欲をどうにかこうにか逃そうとしたがますます膨れ上がっていくばかり。

困ったものだと自分を心の中で笑った。

「……そんな風に弄られたら……シヴァ様が……んンっ……ほしく、なっちゃいます……」

ゾクリとする。

愛する人にこんなことを言われて、冷静でいられる男がいるだろうか。

欲が煽《あお》られて、一気にせり上がっていくのが分かった。

ロージーの切羽詰まった声、眉尻を下げて我慢している顔、桃色の唇が閉じたり開いたりする姿が好きで、もっと引き出したくなる。

「欲しがってほしい。だが、病み上がりの貴女に無理を強いたくない。……あぁ、悩ましい問題だな」

「……っ……そんなこと言わずに触ってください……っ」

可愛い。なんて可愛らしい人なんだ。

この腕の中でシヴァがほしくて震えている姿が愛おしくて堪らない。

彼女の誘いに抗えず、ロージーの身体をくるりとひっくり返し、ベッドの上に四《よ》つん這《ば》いにした。

「なら、無理がない体勢で」

シヴァもそれに合わせてベッドに膝を突くと、ギシ……と軋む音が聞こえてくる。

ロージーをこんな格好をさせることに背徳感を覚えながら、頭が焼き切れてしまうほどの興奮を覚えた。

下着をずり下ろし秘所に触れると、そこはもうしっとりと濡れている。

彼女もまた興奮してくれているらしい。

指をちょっと動かすだけでくちゅ……と音が聞こえてくるほどに蜜を湛えていた。

「……あぁ……はぁっ……あっ……」

焦らすように秘裂を上下に撫でつける。

蜜が糸を引いて滴り落ちた。

（……あぁ……もう、いっそこのまま奥まで貫いてやりたい……）

小さな蜜口が、シヴァの大きなものを咥えようとパクパクと淫らに誘ってくる。早くほしいと強請るそこに、身勝手に強引に己の薄汚い欲を突き立てたかった。

それでもなけなしの理性をかき集めて止まっているのは、どんな状況にあっても傷つけたくないからだ。

ジッと堪え、さらに快楽を得られる箇所に指を伸ばした。

ぷっくりと腫れあがった肉芽だ。

最近はここで達することを覚え、指の腹でくりくりと弄ってやるだけで背中を反らして感じ入っている。

美しい曲線を描く背中が美味しそうで思わず噛《か》み付いた。

柔肌に歯を立て、その感触を楽しむ。

薄く痕がついた箇所を舌で愛で、強く吸いついた。

さらにうなじにも食指が動き、そこを甘噛みする。

すると、膣の中に挿入っていた指がきつく締め付けられ、しゃぶるように膣壁が蠢き始めた。

（気持ちよくなっている）

彼女の身体がどんどん貪欲になっていく。

淫らに腰を動かし、シヴァを誘いこむように身体が変わっていくのを見るのが好きだ。

もっともっとと彼女の痴態を追い求めて、いつか壊してしまうのではないかとときおり自分が怖くなる。

冷静沈着と言われている自分が、ここまで理性をなくすものが目の前にある。

くらくらするような光景を見せられて、うわ言のように「好きです」と言われて、「もっと触れて」と乞われる。

これ以上冷静でいろと言う方が無理な話だ。

性急にトラウザーズを寛《くつろ》げ、痛いほどにいきり立ったそれを取り出した。

トロトロに蕩けたそこに、シヴァは自分の屹立の穂先を押し当てる。

「……んっ」

期待しているのか、彼女の媚肉がヒクヒクと震えて吸い付くように絡みついてきた。

「挿入《いれ》るぞ」

もう潤滑剤も痛みもなく、受け入れることができるようになった。

ぬぷぬぷ……と奥へと招き込むように受け入れるそこ。

熟れた媚肉が、蜜に濡れて艶《つや》めいて見えるそこが、シヴァを受け入れることを悦んでいるように見えた。

シヴァが作り上げた、シヴァだけの健気な身体。

(……なぁ、お前は本当に愚かだったんだな)

ロージーの言う、一度目の時の自分に語り掛ける。

守りたいと言って身を引き、会わずに手紙と髪飾りだけを残して死んでいった自分。

きっと後悔だらけだっただろう。どうしてもっと早くに、と。

だから、この戦いが終わったら会いたいだなんて手紙に書き綴《かつづ》ったのだろう。やはりロージーへの未練を捨て切れないから。

結局最後の願いを叶えることもできず、討たれて死んだ。

最後のそのときに何を思ったか、想像できるような気がした。

「……あぁっ！　あっ！　そこ、触られたら……ひぅ！　すぐ、イっちゃいますっ」

腰を打ち付けながら指で肉芽をくりくりと弄ってやる。

言葉通りすぐに限界がやってきたのか、肉壁がきつく屹立を扱いてきていた。

「あうっ！　あっ……あぁっ！　あぁー！」

あっという間に果ててしまったロージーは、ビクビクと背中を震わせて絶頂の波に漂う。

目を細めながらその姿を見ていたシヴァは、彼女の背中にキスをした。

「……ロージー……愛している」

もう二度と愚か者にならないと誓う。

これから生涯、ロージーの手を離すことはしないと。

「……私も……私も、愛しています……シヴァ様……」

振り返りニコリと微笑むこの人を守りたい。

きっとその思いだけは一度目の時の自分と変わらないのに、どうしてあんなに不器用だったのか。

（ロージーが俺を変えてくれた）

つむじにキスをすると、くすぐったそうに目を細めるこの人が。

「もう少し頑張れるか？」

「もちろんです」

今度は自分の膝の上にロージーを乗せて、下から貫く。

彼女にお願いをして淫らに動いてもらいたい気持ちもあるが、今回はシヴァの方から突き上げることにした。

ロージーの細い腰を掴んで、上下に揺らす。

すると、ブルネットの長い髪が胸の上で踊り、彼女の美しさや艶やかさをさらに際立たせた。

頬を桃色に染めて、瞳を涙で潤ませてシヴァだけを見つめる。

熱い息を吐くぷるぷるとした唇も、中から覗《のぞ》く舌も、シヴァの欲を煽る甘くて誘うような声も、何もかも。

「……俺のものだ」

未来永劫《みらいえいごう》。

ロージーはよく「後悔をしない生き方をする」と口にしていた。

今、それに酷く共感している自分がいる。

もし、これからシヴァの時が戻ったとしても、ロージーを得るためにがむしゃらになるだろう。もう一度この腕の中に掻き抱いて、心のままに愛することができるように。

「……あっ……あぁ……シヴァ、さま……あぁンっ！」

「出すぞ」

シヴァは貪るようにロージーの身体を抱き、彼女の中に精を放った。

脳が痺れてしまうほどの快楽。

涙が眦に滲むほどの幸福。

二度と手離せない、大事な人。

ギュッと腕の中に抱き締めた。

第五章

ベッドの上の住人になっていたのはたった二日のこと。

その間、シヴァは仕事を部下に任せてずっと側にいてくれた。

甲斐甲斐《かいがい》しく世話をしてくれて、大事にしてくれる。くしゃみひとつしようものなら、真剣な顔をして「医者を呼ぶ」と言うのだから焦ったものだ。

そんな中、彼はロージーが完全に回復するまで話をするのを待ってくれていたのだろう。

事件のこと、ルイーザを守ったこと。

そして、ポケットに入っていた解毒剤のこと。

泣きそうな顔で「話してくれ」と言うシヴァの姿が痛々しくて、胸が苦しくなってとうとう自分の秘密を打ち明けた。

絶対に信じてもらえないと思っていたのだが、意外にも彼は理解を示してくれたのだ。

しかも自分ならやりそうなことだと呆《あき》れた顔をしながら。

でも、そのせいか以前よりもさらにシヴァとの絆が深まった気がする。

彼から与えられる愛がより激しく、がむしゃらにロージーを求めるものになった。以前はあんなにも壊してしまわないか恐々触れていたのに。

　おかげで過保護ぶりも加速した気もするが。

　マヤも見舞いに来てくれて、外ではどんな騒ぎになっているか教えてくれた。

「ロージー様が身を挺《てい》してルイーザ様を守ったことに、皆さん感動していたわ。あんなに邪険にされて立場的には気まずかったでしょうに、それでも命を守るために戦った姿。まさにシヴァ将軍の妻に相応《ふさわ》しいと評判よ」

　どうやら世間ではロージーの評価がくるりと変わったらしい。

（だからあんなに見舞いの品や、見舞客が多かったのね）

　ようやく合点がいった。

　シヴァの指示で見舞いの品は受け取っていたが、見舞客は断っていた。ロージーの体調に障ると悪いからと。

　そんな中でもマヤを通してくれたのは、彼女がロージーの友人だからだろう。

「皆さん、自分勝手よね。あんなにシヴァ将軍の妻はルイーザ様しかあり得ない！　って目を吊り上げていたのに、今ではロージー様を大絶賛」

「人は噂や評判に左右されやすいですからね」

　自分にも身に覚えがあったので苦笑いを浮かべてしまう。

「それにしても、本当にご無事で何よりですわ。ルイーザ様を庇《かば》って倒れたと聞いて、驚いたのと同時にロージー様ならやりかねないと思ってしまいましたもの。この私がそう思うくらいに人が好いのは仕方がないことですが、気をつけてくださいませ」

これでは心臓がいくつあっても足りないですと言われ、随分と心配をかけてしまったことを知る。マヤも軍人の妻だ。だから、有事の際には動じない心を持っているだろうが、それでも動揺させてしまったようだ。

「ありがとうございます」

ここまで思ってもらえる友人を得られたことに感謝した。

「逆にルイーザ様は今回のことで随分と評判を落としてしまったようですね。事件が起きる前にコーニーリアス様と言い争いをしているのをいろんな人が聞いていたようで、憶測が飛んでいます」

ロージーとは対照的に、批判の目に晒されているルイーザ。

彼女はおそらくこれを狙ってそこで口喧嘩《くちげんか》を繰り広げたはずだ。

本当に彼女はそれで満足なのだろうか。

(結局あれからルイーザ様と話ができていない……)

彼女に寄り添うために探していたのだが、例の事件に巻き込まれてしまった。

おそらく自分が狙われていると知って、怯えているだろう。

「あれから、ルイーザ様とコーニーリアス様の婚約はどうなりましたか?」

「協議中だとお聞きしました。ルイーザ様が婚約しながらも公の場でコーニーリアス様を拒絶するような言葉を口にしたことに公爵が酷くご立腹なのだとか。ルイーザ様がお命を狙われているかもしれないということもあって、今後どうするか話し合いがされているらしいですわ」

どっちに転んでも、ルイーザにとっては茨《いばら》の道かもしれない。

結婚すれば好きでもない人との生活が待っている。

婚約が解消されれば、疵物《きずもの》になった令嬢として後ろ指を指されることになるだろう。

「軍でもルイーザ様の警護をシヴァ様の指揮のもと行っているようです。軍人に人気が高い方ですから、警護を申し出る人が殺到しているとか」

そんなに人はいらないとシヴァがぼやいているのを聞いた。

あちらもあちらで大変そうだ。

「それにしても、ルイーザ様を狙う黒幕は誰なのでしょうね」

「……そうですね」

いろんな憶測が飛んでいる。

前宰相とか、彼と共倒れになった貴族、最初この婚約に反対をしていたコーニーリアスの父親。中には実はルイーザをずっと愛していたが叶わぬと知ってシヴァが凶行に及んだとか、ロージーの自作自演だと言う人まで。

日々犯人探しが行われているが、明確な証拠が出てこないために足踏みをしている状態だった。

マヤが帰ったあともシヴァに聞いてみたのだが、何人か容疑をかけられているが今は慎重に証拠を集めている最中だという答えが出た。

何せ実行犯が金に目がくらんだ使い捨ての駒だった。

しかも殺人ではなく誘拐だと思い手を貸したらしいので、そこから黒幕に繋がる証言は出てこないのだろう。

「解決はまだまだ難しそうですね」

一度目の時、ルイーザの死をきっかけに国は混乱に陥った。

黒幕が捕まらない限り、またそうなる可能性はいつまでも孕《はら》んでいるということだ。

「時が戻る前はどうだったんだ？　ルイーザが殺されて、最後に得をしたのは誰だった」

「そうですね……」

ロージーはそのときのことを思い出す。

皇帝がコーニーリアスを隠してしまい、それに前将軍が激怒。再三公の場に出すように求めたが皇帝は拒否し続けた。

前将軍の声が大きくなればなるほどに国民の声は、皇帝とコーニーリアスの父親で宰相である公爵への批判一色に染まっていった。

「それでヴォージル公爵は宰相辞任を余儀なくされました。これで収めてくれないかと陛下は前将軍に迫ったのですが、それでも納得してくださらず結局は戦争に」

「代わりに宰相の地位に就いたのは誰だ」

「……前宰相のダディリット侯爵です」

前将軍の怒りは凄《すさ》まじく、今宰相の地位に就いて睨まれたくないと及び腰になっていた貴族がほとんどだった。

そこに名乗りを上げたのがダディリット侯爵だ。

「無理矢理蟄居させられた恨みをいまだに燻らせているダディリット侯爵か。彼にとっては渡りに船だっただろうな」

願ってもいない好機だったに違いないと、ロージーも話しながら気付く。

あのときは国が混乱する中、領地と領民を守ろうと奔走していた。

邪魔な髪を切り、簡素なドレスに着替えて、気が休まることなく刻一刻と変わっていく国の情勢に不安を覚えていた。

シヴァの訃報がシュルツによって届けられたのは、前将軍が捕らえられ刑をかけられる寸前だった。

王都の情報はなかなか領地にまで届かず、噂程度のものしか耳にできなかったが、シュルツが来たことでシヴァの死を正式に知ったのだ。

ルイーザの死によって、現宰相であるヴォージル公爵の辞任、現将軍のシヴァの死、前将軍の処刑と、ダディリット侯爵にとっては都合のいいことばかりが起こった。

ちらりとシヴァを見ると、彼も同じことを思ったらしい。

首を縦に振っていた。

「ダディリット侯爵はここまでのことを狙っていたのでしょうか」

「さぁな。もしかすると、ちょっとした混乱を起こすためにしたことかもしれないし、まさかここまでのことになるとは思っていなかったのかもな。だが、結果上手い方向に転んでいった」

偶然の産物というものだろう。

それに便乗して、一度目のときは復活を成し遂げることができたのだ。

「なら、今回もそうなる可能性はあるのでしょうか」

「前回は、コーニーリアスに罪を被《かぶ》せることで上手く運んだ。だが、今回はそれに失敗し、警備も厳重になった。同じ手を使ってくるとは思えないな」

そもそも、ルイーザとコーニーリアスの婚約が破談になれば、ルイーザの命を狙う必要もなくなる。

だから、これからの流れ次第ではもうそこまで警戒する必要はなくなるかもしれない。

「腹いせは別だろうが、果たしてあのダディリット侯爵がそこまで破れかぶれになっているか」

どちらにせよ監視は必要になってくるだろうとシヴァは言う。

「それに、貴女が死にかけたんだ。末端の使い捨ての人間を捕まえるだけでは足りない。ちゃんと黒幕に責任を取らせないとな」

むしろそちらの方が重要だと言わんばかりに、シヴァは拳を強く握りしめていた。

「それで、だ。貴女に話があるんだが……」

「なんでしょう？」

改めて話を切り出そうとしてくるシヴァに、ロージーは首を傾げた。

どことなく気まずそうで、切り出しにくそうな顔をしている。

「ルイーザが、貴女と話をしたいと言ってきている」

「え！」

「俺としては命を狙われている彼女と貴女を一緒の場所に居させたくないんだが、どうしてもと言われてな。ロージーがいいと言うのであれば許可すると言ってあるんだが……」

そう言いつつも、会わせたくない、ロージーが危険な目に遭うリスクを避けたいとシヴァの顔は訴えていた。

「会わせていただけますか？」

だが、ロージーはルイーザと会っておきたかった。

話をして、彼女に自分の気持ちを伝えなければならないだろう。

「分かった。けど、俺も一緒だ。その上で危険と判断したらすぐにでも貴女をその場から連れ去るからな」

「はい」

さっそく翌々日にルイーザがやってくる手筈《てはず》が整えられた。

「無理を言って申し訳ございませんでした。お会いいただきありがとうございます」

丁寧に頭を下げて挨拶をしてきたルイーザは相変わらず美しいが、どこか憔悴《しょうすい》しているようにも見えた。

ここ数日は怒涛《どとう》だっただろうから当然だ。心身ともに疲弊してもおかしくない。

「お招きいただきありがとうございます」

恋のライバルではあるが、邪険にはできないだろう。何も彼女に不幸になってもらいたいわけではないのだから。

「こんな物々しい場所でごめんなさい。やはり護衛は外せないと言われてしまって……」

「気になさらないでください。ルイーザ様の安全のためですもの。当然です」

ルイーザが座る椅子の後ろには三人の軍人が立っていた。入り口にもひとり、窓際にふたり、廊下にも何人か控えている。

そんな彼女の後ろにはエドガーの姿があった。おそらく志願したのだろう。

ルイーザのことを敬愛しているようだったし、そうであるが故にロージーに突っかかってきたことがある。

前回、彼に言い返してそれから会っていないので、内心気まずい再会だった。

「……もうお身体は大丈夫なのでしょうか。毒の影響は少ないと聞きましたが、やはり……心配で……」

「もう心配ないだろうとお医者様にも言われました。大丈夫ですよ」

ルイーザの顔が安堵の色に染まったのが見えた。

当事者だったルイーザはきっとロージーの体調に気をもんでいたことだろう。直接聞くことができて酷く安心した様子を見られただけでも、会いに来た価値はあったと言える。

「それで私にお話ししたいことはなんでしょうか」

少し歯切れが悪いルイーザを見て、ロージーの方から切り出す。

すると、彼女は頭を深々と下げてきた。

「あのときは命を救っていただきありがとうございます。ロージー様が助けてくださらなければ、私は今ここにいなかったでしょう」

「私もルイーザ様を救えて、本当によかったと思っております。お互いに無事でよかったですね」

にこりと微笑むと、ルイーザは泣きそうな顔になる。

パーティーで見た気丈な姿からは想像できない今の彼女に、少し庇護欲をそそられてしまった。

(人気なのも分かるわ)

シヴァが好きで、コミュニティの中心にいて、さらには軍の人気者だった彼女はロージーの登場で追い詰められ余裕を失くしてしまったのだろう。

顔を突き合わせたときにとげとげしかったのもそのせいだ。

でも、しっかりとお礼を言える人で、謝ることもできる人。

社交辞令からの言葉ではなく、本心から憎いはずのロージーに礼を尽くせる人でもある。

こんなところが好かれる要因だったのだろう。

「パーティーのときも申し訳ございませんでした。醜態を見せ、挙句にロージー様に八つ当たりをしてしまいました。……今思えば、自分でも恥ずかしい姿を見せてしまって」

「……いえ、そんなお気になさらず……」

こういうとき咄嗟に気の利いた言葉が出てこなくて困る。

何と言えばルイーザの慰めになるか分からないけれど、ロージーはとりあえず今彼女に対して持っている感情を口にした。

「私、ルイーザ様のことは嫌いではないです。でも好きでもない。嫌いになれるほど話はしていないし、好きになれるほど一緒にいません」

エドガーの眉尻がぴくりと動くのが分かった。

何を言うつもりだと警戒しているのだろう。

だが、こちらもシヴァがエドガーに下手なことをするなと無言で威圧をかけてくれている。

おかげで本心を話すことができるのだ。

「ですが、あのとき、バルコニーから出てきたルイーザ様を見たとき、側にいて差し上げたいと思いました。私に何ができるか分からないけれど、ひとりでいさせたくないと」

「その優しいお心が私を救ってくださったのですね」

正確にはそうではないのだが、けれどもあそこで探すのを諦めていたら、悲劇は食い止められなかっただろう。

「私たち、これから分かり合えるのか分かりません。もしかしたらやはり気が合わないとなってしまうかも。ですが、それでもいいと思うのです」

人の心をどうこうしようだなんていうのは驕《おご》りだ。

それが恋心ならなおのこと難しいだろう。

「私も、いまだにロージー様のことを好きになれません。恩義はありますが、それはまた別の話ですわ。だって、私の方がずっとシヴァを好きだったのに、掻《か》っ攫《さら》っていったのですから」

「ルイーザ……ロージーが掻っ攫ったわけではなく、俺自身が決めたんだ」

「いちいち言わなくても分かっています。……本当、気が利かないわね」

余計なことを言わなくてもいいのよとルイーザに窘められて、シヴァは口を真一文字に引き結んで黙りこくった。

「あれからコーニーリアス様と話し合いました。ずっと彼と真正面から話し合うのを避けてきたのです。だって、そうしたらシヴァへの想いを断ち切らなければならないのだと、嫌でも実感してしまうから」

バルコニーで喧嘩腰《けんかごし》だが本心を曝け出し合った。

それからルイーザの命が狙われて、こんな大ごとになったことでようやく話し合うことができるようになったのだと言う。

「婚約はこのまま続けます。結婚して私たちは夫婦になると決めました」

コーニーリアスの父親に懸念を示され、前将軍もルイーザの身を案じていたが、コーニーリアスと一緒に決めたことだった。

「あの人、私が狙われたと知って涙をぽろぽろ流しながら謝ってきたんです。自分が無理矢理婚約を進めたからだと。いつも澄ました顔をして胡散臭《うさんくさ》い笑みを浮かべていたあの人が」

そのときのことを思い出しているのだろう。

ルイーザの顔が柔らかくなった。

「何かその姿を見ていたら絆《ほだ》されてしまって。私のために泣いてくれるこの人とだったら夫婦になってもいいかなと思いました。コーニーリアス様もそこから始めようと」

「いい方向に話がまとまったのですね。よかったです」

この結論に至るまでたくさん話をしたのだろう。

こと命にかかわる問題でもあったので、決断は難しかったはずだ。

しかも口喧嘩の件で面白おかしく噂されている。

コーニーリアスにはルイーザを娶るにはあまりにもリスクが高いだろう。

(愛ね)

それでも彼女との結婚を選んだのは、コーニーリアスが彼女を愛しているからだろう。

すべての覚悟を背負い、ルイーザもその心意気を見て頷いた。

いまだシヴァを諦めきれない部分があるものの、それでも彼女は前を向いて歩いていこうと決めたのだ。

「それで、結婚式まで軍に引き続き守ってもらうことにしました。コーニーリアス様も皆さんもその方がいいだろうとおっしゃって。なので、シヴァのことしばらくお借りしますね」

「え！」

「なに……？」

ロージーとシヴァの声が同時に部屋の中に響いた。

「だって、絶対に死にたくないもの。だからこの国最強の人に守ってもらった方が安心でしょう？」

「こんなに軍人を配備させているんだ。俺がいなくてもいいだろう」

「嫌よ。私を振って他の女性を選んだのだから、最後まで私が幸せになる手伝いをしなさい」

「なんだその理屈は……」

徐々にシヴァの顔が険しくなっていく。

命が狙われて怖いのは分かるが、我が儘《まま》が過ぎると腹を立てているようだった。

ロージーも彼女の側にシヴァがずっといるのは嫌だと動揺する。

「これで貴方を諦めるから。だから、区切りをつけるチャンスをちょうだい。ね？」

先ほどまで勝ち気だったルイーザが、どこか寂しそうなものに変わった。

それを見て、ロージーはどうしようと考える。

たしかに区切りをつけるためだと言われれば、承諾してもいいのかもしれない。だが、相手は長年シヴァを思ってきた人だ。果たして本当にそれでいいのかと考える。

「そこまでする必要はないだろう。なぁ、ロージー」

シヴァが同意を求めてきたが、いまだ迷っているロージーには答えが出せなかった。

「これで本当にシヴァ様を諦めてくださるのですか？」

「ええ。もう二度と未練がましいことはしません」

そこまで言うのであれば信じてみてもいいかもしれない。

だが、ただではない。

「分かりました。それでは私もお供いたします！」

「え？」

「ロージー？」

今度はルイーザとシヴァの声が重なった。

「ルイーザ様をお守りしたい気持ちはありますが、私はシヴァ様の妻です。護衛のためとはいえ、他の女性と長い間ふたりきりというのはあまりいい気分はしませんもの。でしたらそうすればすべてが解決ではありませんか？」

これはいい考えだと手を叩いた。

「なら、私が貴方たちの屋敷にお邪魔するわ。ふたりの夫婦生活を見せて、どうか私に諦めをつけさせてちょうだい」

　男性たちが戸惑う中、ロージーとルイーザの間で話がまとまっていく。

「勝手に話を進めないでくれ……」

　シヴァは呆れた声を出したが、もうふたりの中で決定していた。

「たしかに、あのシヴァ将軍の屋敷に襲撃しようと思う輩はなかなかいないでしょうね。我が家がどこよりも安全ではありませんか？」

　ルイーザを守るのは、ひいては自分たちの未来を守ることにも繋がるのだ。

　だったらそこまでしてもいいでしょうとシヴァに聞く。

「……俺は貴女をとことん危険から遠ざけたいんだがな」

「どんなときも一緒にですわ、シヴァ様」

　だって仕方がない。

　できれば離れていたくないのだから。

「分かった。なら、ありったけの人員を配備しよう」

　シヴァが折れて、ルイーザが我が家にやってくることになった。

　結婚式まで一ヶ月。

　それまで必ずルイーザを守りつつ、黒幕を捕まえると、この場にいた人間たちは決意を新たにする。

「――ロージー様」

後ほどルイーザがやってくるので、それまでに屋敷の準備を済ませるべく帰ろうとしたところで声をかけられる。

振り向くとそこにはエドガーがいた。

「どうかしましたか?」

もしかして気付かぬうちにルイーザに失礼なことを言って、それを咎めるために呼び止めたのだろうか。

すぐそばにシヴァがいて睨みを利かせているというのに、なんて勇敢なのだろうとある意味感心しながら彼が何を言ってくるのかどきどきしながら待った。

「ルイーザ様を守ってくださり、ありがとうございました。そして先日の非礼、お詫《わ》びいたします」

すると、エドガーは殊勝にも頭を深く下げ、謝ってきたのだ。

(今日はたくさん謝られる日ね)

驚きつつも先ほどもルイーザに謝られたことを思い出した。

「俺はずっとシヴァ将軍の伴侶はルイーザ様しかいないと思っていました。正直今もそう思っています。けど、貴女が身を挺してルイーザ様を守ってくれたと聞き、自分が恥ずかしくなった」

きっと、この謝罪は彼にとって勇気のいることだろう。

耳が赤く染まっているのが見える。

「貴女はずっともっと弱い人だと思っていました。きっと有事の際は気丈でいられない気弱な人だと。

そんな人にシヴァ将軍の伴侶は務まらないと」

最初ロージーもそう思っていたので反論はない。

誰の目から見ても頼りなく、か弱き存在だった。

「だが、そうではなかっただろう？」

ずっと黙って話を聞いていたシヴァがエドガーに問いかける。

彼はその言葉に素直に頷いた。

「将軍のおっしゃる通りでした。ロージー様を弱いと決めつけるのは自分たちの驕りだと。たしかに力は弱いかもしれないが、心は誰よりも強い人だと。最初は信じられませんでしたが……たしかにそうです」

弱いのは、ロージーを自分勝手に傷つけようとした自分だったと恥じ入るようにエドガーは言う。

「だから、これからは誠心誠意、ロージー様に尽くそうと思います。……貴女が許してくださるなら」

「もちろん許します」

許さない理由はない。

エドガーもまた、ロージーを知って理解したからこそ、見方を変えてくれたのだろうから。

「ありがとうございます」

無表情だった彼が笑みを見せてくれた。

「納得できるお姿、見せていただきました」

最後にそう言って彼は去っていく。

『私も、シヴァ様も、そして周りの方にも納得してもらえるような姿を見せていこうと思っています』

以前ロージーが言った言葉を覚えてくれていたのだろう。

そう思ってもらえる姿を見せられてよかったと改めて思う。

「それにしても、いつエドガーさんにあんなことを言ったのです？」

知らなかったと胡乱《うろん》な目を向けると、シヴァは馬車に乗り込むロージーに手を差し出してきた。

「戻ってシュルツに報告を受けてすぐだ。あくまであいつの誤解を解いただけだ」

『だけだ』と彼は言うが、もしロージーがその場にいたら嬉しくて泣いてしまっていただろう。

あれはロージーにとって最高級の賛辞だ。

「貴女がエドガーに毅然と言い返したと聞いていたからな、俺も怒りを露わにするのは野暮《やぼ》だと思ったんだ。もしそんなことをすれば、貴女がひとりで立ち向かった勇気を台無しにしてしまう気がした」

「あ、ありがとうございます」

そんなことまで考えてくれていたのかと驚く。

「だから替わりに、貴女の心の強さを知れと奴《やつ》に忠告した。エドガーは疑っていたが、納得できたのは、すべてロージーの頑張りのおかげだろう」

面映ゆくなって、顔をほんのり赤く染めながら彼の手に自分の手を置いた。

すると、シヴァは腰に腕を回して抱き上げてくる。

「改めて言う。貴女はその小さな身体からは想像もつかないほど強い。そんな貴女を妻に迎え入れられて誇りに思っているよ」

彼の肩に手を置き、優しい眼差《まなざ》しを送るその人を見つめ返す。

「私が強くあれるのは、シヴァ様が愛してくださるからです」

きっと彼を守るためでなければ、ここまでのことはできなかった。

今もそうだ。

くさい言葉だが、原動力は愛だと分かる。

彼は抱き上げたまま馬車に入り、屋敷に着くまで自分の膝の上にロージーを乗せて何度もキスをしてくれた。

「信じています。信じていますが、一応言っておきますね。ルイーザ様にデレデレしてはいけませんよ？」

「するわけがない。俺がそうなるのは貴女の前だけだ」

たしかにそうかもしれない。

この人が大っぴらに感情を見せるのはロージーにだけ。

それでもやはりここは言っておかなければならない。

妻の特権だろう。

「少しでもデレデレしたら許しません。もししているのを見つけたら、一ヶ月は口を利きませんから」

「俺を殺す気か？」

本気で戸惑っている顔をしていて少し面白かった。


「お世話になります」

次の日屋敷にやってきたルイーザは、相変わらず護衛をたくさん連れてきていた。

おかげで屋敷が手狭になってしまったが、にぎやかでより楽しい。

ルイーザもリラックスできているようで、会ったときには強張っていた顔が徐々に和らいでいくのが分かった。

ロージーも最初はもてなすことに一生懸命になって大変だったが、それも徐々に慣れていく。

「私は勝手にここに押しかけてきたのだから、もてなすなんてことは考えなくてもいいのよ？」

ルイーザがそう言ってくれたので、肩の力が抜けていった。

コーニーリアスが毎日のようにルイーザに会いに来る。

穏やかに、ときに意地悪な言葉を口にするコーニーリアスに、それに顔を顰めながらも最後には笑いながら話すルイーザ。

彼女が言っていたように打ち解けたようで、以前よりも仲が良さそうに見える。

口喧嘩をするときもあるようだが、あのときのように激しいものではなく大抵コーニーリアスが折れて終わるものだ。

そのあとルイーザも謝っていて、微笑ましい。

「ロージー様、本当にありがとう。……正直言うと、私心細かったの」

そんなある日、ふたりきりでお茶をしていたときにルイーザがふいに切り出してきた。

皆がルイーザの命を守るために尽くしてくれていることに感謝しているが、常に気を張った状態でいなくてはいけなかったこと。

物々しい雰囲気の中過ごさなくてはいけない息苦しさ。

いつも優しい父も余裕がないのか少し冷たい。

心休まるときがほしいと思っても、それは贅沢《ぜいたく》なのだと自分を叱咤《しった》してきていた。

「ここに来て、ロージー様とこうやって他愛《たあい》のない話をしている時間に癒やされています」

貴重な時間で、大切な時間だと言ってくれた。

寄り添ってくれること、何気ない話をかわしてくれること、事あるごとに声をかけてくれて楽しませてくれること。

それらすべてが今のルイーザの不安に押しつぶされそうな心を救ってくれていたと。

「シヴァに未練があるとか、区切りとか言いましたけれど、本当はほとんど諦めているんです」

「そうなのですか？」

まだ彼に気があるような感じがしたから、意外だった。

「だって、あんな顔を見せられたら、もう諦めざるを得ないわ」

フフ、と思い出して微笑んでいる彼女に首を傾げる。

「貴女が毒に倒れたとき、あのいつも冷静なシヴァが取り乱したの。『医者を呼んでいるから大丈夫』という私の言葉も耳に入らなくて、ひたすら貴女に『息をしろ』と言い続けていたわ。あんな彼は初めてよ」

そんなことになっていたとは知らなかった。

シヴァは当時のことをあまり話してくれないけれど、相当心配をかけたらしい。

（……当然よね）

ロージーだって彼を死なせないように奔走してあの結果を招いたのだ。

もしも失敗してシヴァが目の前で倒れたら、冷静ではいられないはずだ。

「いくつもの死を目の当たりにした彼も、貴女の死には怯えていた。……彼はきっと私が同じような目に遭ってもあそこまで取り乱さない」

「そんなことは……」

「いいえ、なまじ付き合いが長いから分かるわ。彼はどんなときでも感情的にならない人よ。自分がどう見られているか知っているから。でも、あのときはそんなこと関係なかった。将軍シヴァではなく、ただのシヴァとして貴女が息を吹き返すのをただ願っていた」

夫として、男として愛する人を救いたいと慟哭《どうこく》する姿に、ルイーザは衝撃を受けたと同時に絶対に敵《かな》わないと思ったのだと話をしてくれた。

「だから、個人的にロージー様に興味があった。貴女はよくてどうして私ではダメなのか。それを知りたいと思ったから。そういう意味で区切りをつけたかったの」

もし自分に足りない部分があるのであれば、知っておきたい。

これからコーニーリアスと夫婦になる。

彼は望んでルイーザを妻にしようとしてくれているのだ。

もう彼を受け入れると決めた今、ならば良き妻になろうと決めているからこそ、知りたいのだと話してくれた。

「それに、貴女を前にしたとき、シヴァのいかつい顔が崩れるのを見るのが楽しくて」

「だから随分と楽しそうに私たちを見ていたのですね」

なんだか恥ずかしくなって熱くなった頬に手を当てた。

てっきり監視するように鋭い目で見つめられるかと思ったのだが、シヴァといるときこちらを見るルイーザの目が、興味深そうに観察するものだったのだ。

不思議に思っていたのだが、まさか楽しまれていたとは。

「でも、これで思い残すことはないわ。心置きなく前に進める」

そう話すルイーザの顔がどことなく晴れやかで、そして美しかった。

「きっと私は果報者ね。気持ちに区切りをつけて嫁げる人なんてそうそういない。……貴女もそうだったのでしょう?」

「そうですね。私も最初は戸惑って、怖がって……」

そして避けてしまった。

そんな過去があるから、ルイーザの心の区切りをつくる手伝いができたのは嬉しかった。

「でも、ここまでの愛をふたりで育んだのでしょう？　もう運命と言っても過言ではないわね」

「運命……素敵な言葉ですね」

もしそうならばいいなと思う。

何よりも強固で、どれだけ時が戻ってもまた巡り合って愛し合う。そんな運命なら、なおのこと。

もちろん、このまま幸せであり続けてほしいと願っているが。

「私もそうなりたい。だから、結婚式は成功させなくちゃ」

一度は分断しかけた貴族たちと軍人たちの架け橋になれるように。

コーニーリアスとよりよい未来をつくるために。

「はい。私もシヴァ様も、そして軍の皆さんも、ルイーザ様を全力でお守りいたします」

それから何ごともなく時が過ぎ、ルイーザたちの結婚式当日となった。

厳重体制の中で行われるそれは、招待客を少なくした何とも寂しいものになる。

ルイーザの安全を最優先させたもので、親族以外は警備のために配置された軍人たちがいたるところにいた。

ありがたいことに、ロージーも参加者のひとりとして招待されている。

『ぜひ貴女にも来てほしい』

コーニーリアスから招待状を直接手渡しされたのだ。

今日着ているドレスは、実はルイーザと一緒に決めたもので、ふたりで色からドレスラインまで細かく決めたものでもある。

透かし模様が入ったイリュージョンネックに、切り返しの胸元から腰まで白の糸で花の模様が刺繍されており、腰にはサシュと大きなバックリボン、そして黄色いスカートだ。スカートの裾にも刺繍が施されており、上品さを演出している。

アクセサリー類はパールをメインにしたものにし、まとまりがよく気品あふれるものになっていた。

前回のドレスとはまた違った雰囲気で見ているだけで楽しい。

結婚前はどうせ着飾っても似合わないとか、誰も見ていないだろうと思って適当に任せていたが、真剣に悩めば悩むほど面白いと気付く。

誰かのために着飾りたいという気持ちがあるだけで違うものだ。

特にシヴァにはよく思われたい。

可愛いでも綺麗でも美しいでもなんでもいい。

彼の隣に並んで遜色ないほどに着飾っていきたい。

だから、今回のドレスも彼は気に入ってくれるだろうかとドキドキしていた。

軍の正装を身にまとったシヴァは、相変わらずかっこいい。

何度見ても飽きることはないし、思わず見蕩れてしまう。

そして、やはり他の女性たちの目に触れさせたくないと思うのだ。

「……俺は貴女に何度惚れ直せばいいんだ」

そのくせ、ロージーのことを毎回褒めるのだから、本当にこの人は自分のよさを分かっていないと声を大にして言いたくなる。

「私も何回もシヴァ様に惚れ直しています」

こちらだって負けていないと言うと、シヴァは顔をほんのりと赤く染めた。

「……まだ任務は続いている。しかも一番襲撃を受けやすい場所だから気を引き締めないといけないのに……浮ついてしまいそうだ」

「それは困りましたね」

そんな彼の腕に手を回し、隣に並ぶ。

「エスコートをお願いします」

「あぁ」

「そして、必ずルイーザ様を守りましょうね」

「そうだな。……だが」

そう一旦区切って、シヴァはロージーの手を握り締めてきた。

「約束してくれないか。危ない状況になったら、何をおいても逃げると。今回、俺は何かあればルイーザのもとに行かなければならない。そういう任務だからだ」

「分かっております」

これは皇帝にも直々に命じられた警護でもある。

軍人であるシヴァはそれに逆らうことはできない。

「そんな中でも俺が安心して仕事ができるように、シュルツに貴女の警護を任せている。危険が迫ったとき、あいつの指示に従ってくれ」

「はい」

軍の方でダディリット侯爵を監視しているが、今のところ動きはない。

ただ、不気味なくらいに動きがないのが気になると言う。

屋敷から出てくる気配はなく、ずっと引きこもっているのだとか。

外から人を招き入れている様子もなく、不審な人物との接触はない。それだけ見れば、容疑をかけようがなかった。

だからと言って、油断はできない。

「無事に終わるといいですね、結婚式」

「あぁ、そうだな」

「私たちの結婚式を覚えていますか？」

「……忘れられるわけないだろう」

シヴァが少し気まずそうな顔をする。

ロージーも思い出して、くすりと微笑んだ。

「思い返してみたら、今はいい思い出になったなと考えていました」

「たしかにそうかもしれないな。だが、覚えているとはいえ、あのときの自分がどんな顔をしていたか想像したくない。きっと酷い顔をしていたんだろうな」

「こう……眉間に三本も皺が入っていました」

人差し指を自分の眉間に添えて、三本の線を描くように動かす。

「でも、そんな顔をしていながらも、あのとき俺は貴女の花嫁衣裳姿に見蕩れていた」

「そんな顔には見えませんでした」

「もちろんだ。そう見えないように顔に力を入れていたんだからな。おかげで眉間に皺が三本も入った」

シヴァも真似をして人差し指で三本線を描く。

「知っていますか？　最近、シヴァ様が丸くなって以前よりも女性に人気になってきたのを」

「それは知らないな。特に興味もない。貴女にさえ人気であれば。……だが、先日シュルツに顔つきがだらしなくなってきたと言われた」

そのときのことを思い出しているのだろう。

彼の眉間に皺が一本刻まれた。

「だらしない顔……とまではいきませんが、和らいではきましたよね。ルイーザ様も、私と一緒にいるときのシヴァ様の表情が面白くて見てしまうとおっしゃっていましたよ」

「やっぱりだらしないいんじゃないか……」

「親しみやすいという意味かと」

だからそんなに落ち込まなくてもいいのにと、彼の背中を擦る。

「そんな貴方も好きですよ」

冷徹無比な不死身の将軍。

負けなしの戦神。

そう謳われている彼が最愛の人の前ではただひとりの男になる。

ルイーザに言われたとき、自分が彼の寄る辺になれた気がした。


『ここの教会で歴代の皇帝も結婚式を挙げているの』

以前、そう嬉しそうにルイーザが教えてくれたのを覚えている。

外観は何度も見たが建物の中に入ったことはなく、今から行くのが楽しみだった。

馬車にはシュルツも一緒に乗っていて、今日の警備についての打ち合わせをしている。

眉間に皺を寄せて真剣な顔をしながら話をしているシヴァを見ていると、先ほどのギャップに心が高鳴りそうだった。

「ルイーザとコーニーリアス様の様子は」

「コーニーリアス様は平然としています。まぁ、隠しているだけかもしれませんが。ルイーザ様は相当緊張されていますね」

「そうか。悪いがロージー、ルイーザと話をして緊張を解してくれないか」

「分かりました」

あまり気を張りすぎるといざというとき動けなくなる。

それに結婚式は少しリラックスした状態で臨んだ方が上手くいくとシヴァは言う。経験者は語るというやつだろうか。

「今もダディリット邸で動きはないとの報告がありました」

シュルツがそう報告すると、シヴァが難しい顔をする。

「今日は襲う絶好の機会だ。それにこのままルイーザたちが結婚しても都合が悪いはず。……逆に動きがないのは妙だな」

馬車の窓から外を見て、何か考え込んでいた。

たしかにここまで静かだと妙な感じだ。

何か起きる前触れのような。

考えすぎかもしれないが、それでもどこかで引っかかる。

教会に着き、シヴァは警備の確認のためにロージーのもとを離れ、ロージーはシュルツと一緒にルイーザのもとへと向かっていく。

「シュルツ様はルイーザ様の花嫁衣裳姿を見てはいけませんよ？」

「はい。分かっています」

花婿が結婚式前に花嫁衣裳を見たら縁起が悪いと言われていて、コーニーリアスも遠慮していると言うのに、他の男性が先に見てしまったら怒ってしまうだろう。

シュルツは警備のために部屋には入るが、四方をカーテンで区切られた場所の中にルイーザが着替えをしているので姿が見えないようになっていた。

ロージーはカーテンの中に入り、準備中のルイーザの声をかけた。

「準備は順調ですか？」

「ロージー様。ええ、順調に進んでいます」

ドレスの調整は終わり、今は髪を結わえている最中だった。

「やっぱりその色のドレスにしてよかったですわね。とても似合っています」

「今日の主役にそう言っていただけて光栄です。ルイーザ様も凄く素敵ですよ」

「嬉しい。ありがとうございます」

隣に座ってもいいかと聞くと構わないと言われたので、椅子を用意してもらってそこに腰を掛ける。

シヴァの言う通り、やはり緊張しているようでそれを和らげるような話題を振り続けた。

「お時間ですよ、花嫁様」

いよいよそのときになり、ロージーはルイーザに手を伸ばす。

「さぁ、行きましょう」


結婚式は粛々と進められた。

いたるところに軍人が立っていていつも以上に緊迫感がある儀式となったが、結婚の宣誓と誓いのキスまで終わり、大きな拍手が起こった。

(よかった。無事に終わりそう)

幸せそうに微笑むルイーザを見て、ロージーも幸せな気分になる。

コーニーリアスの眦に光るものも見えて、本当に何も起きなかったことにホッと胸を撫で下ろした。

花嫁のすぐ後ろに控えているシヴァを見ると、彼はいまだ警戒を解いていないようで厳しい顔を続けたままだ。

油断は禁物だと思い出して、ロージーも背筋を伸ばした。

――そのときだった。

パリン！　と大きな音を立ててステンドグラスが割れたのは。

すぐさま音がした方を見ると、床に矢が刺さっていた。

しかも、先端が布で包まれており、油が染み込んでいるのだろう、煌々《こうこう》とした火がついていた。

「ひっ！」

誰の悲鳴か分からない。

もしかすると自分の悲鳴だったのかもしれない。

その悲鳴を皮切りに、次から次へと教会の中に火が付いた矢が射《う》ち込まれた。

「逃げろ！」

すぐさまシヴァが叫び、ルイーザとコーニーリアスのもとに走っていった。

「ロージー様！」

シュルツが手を引き、早く逃げようと引っ張ってきた。

でもシヴァが……と気になったが、何よりも自分の命を優先するように言われたことを思い出し、シュルツに導かれるままに扉の方向へ向かおうとした。

ところが扉の前で数人が固まって動けないでいるようだった。

「どうした！」

何ごとかとシュルツが声をかけると、剣戟《けんげき》の音が聞こえてきた。

（戦っている？）

扉のすぐ外で戦いが繰り広げられているようで、軍人はそれに加勢しに行ったが、招待客たちは戦いに巻き込まれては堪らないと外に出られずにいるようだった。

「……や、矢が狙ってくるのです」

さらにはすでに射られてしまったのだろう。

腕に矢が刺さって蹲っている男性がいた。

（教会から出てきた人間を狙っているの？）

先ほど火矢が飛んできた方向を見る。

火をつけた矢で教会を燃やし、火から逃れるために慌てて出てきた人たちを次から次へと射る作戦だったのだろう。

もし飛んでくる矢に怯んでこの場に留まれば、炎に包まれてしまう。

シュルツたちに矢を退けさせながら皆を逃がす手を考えたが、この危機的状況に足が竦んでしまっている人もいた。

「退け」

たじろぐ人々を掻き分けてやってきたシヴァが、底冷えするような声を出しゆっくりと腰に佩《は》いた剣を抜く。

どうするつもりかと驚いていると、彼は戦闘が繰り広げられている中に突進していって、次から次へと敵をなぎ倒していった。

軍人と鍔《つば》迫《ぜ》り合《あ》いをしていた敵を背後から斬り、地面に倒れ込む敵を片手で掴んで遠くに放り投げた。

次は今まさに斬りかかろうとしてくる敵を蹴り飛ばし、同じように遠くに放り投げる。

次から次へと敵を倒しては放り投げて、招待客が逃げる道を作っていった。

「行け！　飛んでくる矢は俺がすべて剣で薙《な》ぎ払《はら》う！」

シヴァが叫び、ロージーが彼の言葉に頷く。

「行きましょう！」

そう声をかけると、皆走って安全な場所まで逃げていった。

もしあのまま躊躇していたら、火がすぐにでも押し寄せてきていただろう。

シヴァが道を作ってくれたおかげで教会の中で火あぶりにされずに済んだ。

「ひとり残さず捕まえろ！　それと火矢を放った射手がいるはずだ！　高いところを探せ！」

自ら戦いに飛び込みながらも指示を飛ばすシヴァは、噂通り勇猛果敢な戦神だった。

教会に来る前に見せていた照れているような顔や、柔らか笑みを浮かべる彼とはまるで違う姿。

（この人はこうやって皆を守ってきていたのね。そしてこれからも……）

戦う場面など初めて見た。

剣が舞い血が飛び、人が倒れていく。

見ているだけで卒倒しそうな怖い場面だけれど、これがシヴァの仕事だ。

誇りであり、誉れ。

恐れるのではなく、彼のその姿を尊びたい。

（ご無事で）

心の中でシヴァの健闘を祈り、その場を離れていった。

「ルイーザ様、大丈夫ですか?」

後ろからコーニーリアスと手を繋いでやってきたルイーザを見ると、煙を吸い込んだのか苦しそうに咳《せ》き込《こ》んでいた。

純白の花嫁衣裳が煤《すす》けてしまいもう台無しだ。

それでも大きな怪我はなさそうだと安堵した。

「おふたりはどうぞ馬車に!」

招待客の誰かの馬車なのだろう。

ちょうど近くにあったそれに乗り込んで先に逃げるようにと指示をする。

前将軍とヴォージル公爵も一緒に乗ってほしいとお願いすると、前将軍は自分も戦うと言ってきた。

「私の夫に任せてください。貴方はどうかルイーザ様と、たった今家族になった皆さんをお守りください」

ロージーがそうお願いをして馬車の扉を閉める。

もうすでに結婚式がだいぶ滅茶苦茶《めちゃくちゃ》になってしまったのだ。そのうえ父親も戦いの中に身に置くことになったら、ルイーザも心労で倒れてしまうかもしれない。

シュルツが客車をノックすると、馭者《ぎょしゃ》が馬を走らせた。

「他の方々も逃げられるようにしましょう」

何人かのグループに分けて、グループごとに護衛の軍人をつける。

皆一緒にまとまって逃げるよりは動きやすいだろうという判断のもとにシュルツに提案したのだが、彼は目を丸くしながらゆっくりと頷いた。

「そうしましょう。他の者を集めさせます」

近くにいた軍人に声をかけ、護衛の者を集める。

その間、ロージーは招待客に逃げる手はずを伝えて、五つのグループにしていった。

馬車があるところまで走っていき、そこから馬車で逃走する。

中には高齢で脚が悪い人もいるので、その人は軍人が背負っていくようにとお願いをした。

「軍の官舎まで送り届けてください。皆さん、ご無事で」

軍人ひとりひとりの顔を見つめ、ロージーは話す。

早速散り散りに馬車に向かっていった。

「ロージー！　シュルツ！」

シヴァが走ってやってくるのが見えて、ロージーはパッと顔を明るくする。

（……よかった）

無事な姿を見ることができて、胸が喜びでいっぱいになった。

「無事か」

「無事です！　シヴァ様は？　お怪我などは……」

「あんな連中、肩慣らしにもならなかった」

おかげで無傷だと肩を竦めている。

たしかにあれを見たら、彼が負けている場面など想像がつかないだろう。

「ルイーザは」

「先に馬車で逃げてもらいました。他の客も。すべてロージー様が的確な指示をされたおかげです」

「ロージーが？」

驚いた面持ちでこちらを見る。

だがすぐに嬉しそうに目元を和らげた。

「ありがとう、ロージー。助かった」

「いえ、夫が不在の間は妻である私が指揮を執るのは当然です」

特にこの混乱の中では、誰が指揮するのかと惑うことが多いだろう。だからロージーが率先して前に出ることで、混乱を防ごうとした。

「そちらはいかがですか？」

「地上にいた敵は皆捕縛したが、いまだに射手が見つかっていない。矢が飛んできた方向に行かせたが、俺たちが地上戦を繰り広げている間に移動したのかもしれないな。あのあとは矢が飛んでこなかった」

「そうなるとやはり狙われていたのはルイーザ様と見ていいでしょうね」

「ここで一斉に捕まえることができれば、黒幕逮捕に繋がるな」

シュルツと互いの状況を報告し合って現状を把握しているようだった。

怪我を負った者はいるが、命を落とした者はいない。

シヴァのその言葉に、ふっと肩の力が抜けていくのが分かった。

ところが、ホッとしたのも束《つか》の間だった。

「ロージー！」

突如名前が呼ばれたと思ったら、何か大きなものがロージーに覆いかぶさってきた。

小さく悲鳴を上げて思わず目を瞑る。

「シヴァ将軍！」

だが、シュルツの叫びでハッとして上を見上げた。

「大丈夫か」

シヴァがロージーを庇うように覆いかぶさっていたのだ。

「し、シヴァ様……」

今何が起こったのだろう。

混乱する頭で必死に状況整理をしていると、シヴァがくるりと背中を見せた。

「きゃっ！」

思わず悲鳴を上げる。

彼の背中に矢が突き刺さっていたのだ。

おそらくロージーを庇って負ったものだろう。

どの口が「大丈夫か」などと聞いたのだ。

自分の方がよほど大変な目に遭っているというのに。

それでもシヴァは決して倒れることなく、痛がる素振りも見せずロージーを守るように立ち続ける。

シュルツも近づいてきて、ロージーを守るように剣を抜いた。

緊張の糸がピンと張りつめ、息をするのも苦しくなるような時間が過ぎる。

二投目の矢が飛んできたのは、それからすぐだった。

シヴァはそれを剣でいなし、地面に叩《たた》き落《お》とす。

すると、彼は剣を逆手に持ち、肩の上に掲げ始めた。

そして、槍《やり》のように遠くにある大きな木に向かって投げつける。

あっという間に遠くへ飛んでいってしまう剣は、木の梢《こずえ》を潜《くぐ》り抜けて何かに当たったようだった。

悲鳴を聞いたような気がして目を瞠っていると、木から人が落ちてきたのが見えた。

「さすがシヴァ将軍。一発で命中ですね」

「感心していないであいつを捕らえに行け。あれが射手だ」

ぱちぱちと手を叩きながらシヴァを絶賛しているシュルツに、呆れた顔を見せながら命令する。

「……い、今のが私たちを襲った敵ですか？」

「あぁ、そうだ。肩を狙ったからもうこれで矢は射ることはできないだろう。……二度とな」

一度目の攻撃で大体の居場所は分かったが、二度目で的確な場所を見極め、反撃をしたというのだ。

「単独で弓を用いる場合、一度射たら居場所を知られないように場所を変えるのが定石だ。そんなことも知らんとは、軍で鍛え直してやろうか」

フン、と鼻で笑う彼は、一見すると恐ろしい魔王のよう。

平然とした顔をして、自身の背中に刺さった矢を抜いてしまうのだからなおのこと。

「シヴァ様！　これを！」

あまりに痛がらないのですっかり忘れそうになっていたが、彼は怪我をしている。

黒い軍の礼服の色が怪我をした部分を中心に色が濃くなっていくのを見て、慌てて彼に近づいた。

ロージーはハンカチを取り出し、自分の腰に巻き着いていたサシュを解く。

「手当てしますからここに座ってください！」

「このくらいは平気だ」

「平気じゃありません！　私が平気ではないので手当てをさせてください！」

お願いしますと食い下がると、彼は地面に腰を下ろした。

「上着を脱がせますね」

傷に障らないようにとゆっくりと腕から上着を抜くと、真っ赤に染まったシャツが見えた。

その血生臭さ、血の多さに眩暈《めまい》がしてしまいそうになる。

「大丈夫か？　貴女は血を見慣れていないだろう。無理をしなくても、シュルツにしてもらう」

「平気です」

荒事に慣れていないロージーを慮ってのことだろう。

その気遣いには感謝しているが、それでも今は何もせずにいられなかった。

ハンカチだけでは当て布にしては小さく、どうしようと悩んでいるとスカートが目に入る。

「シヴァ様、このスカートを裂けますか？　当て布にしたいのですが」

「な！　こ、こんなところでか!?　いや、その前にそんなに綺麗なのだからダメだ！」

「でももう十分汚れていますし……」

「ダメなものはダメだ！　俺が許さない！　当て布が欲しいならこのシャツも脱がせて使えばいい」

そう言いながらシヴァは白いシャツを脱ぎ始めた。

「……貴女にそんなあられもない恰好《かっこう》をさせるわけにはいかないだろう。ここは男しかいないんだ。連中に貴女の素足を見せるなどとんでもない……」

ブツブツと言いながらシャツを渡され、「も、申し訳ございません」とロージーは思わず謝る。

少し拗ねているようにも見て可愛らしい。

遠慮なくシャツを当て布に使わせてもらい、それを固定するために身体にサシュを巻きつけた。

「よく応急処置の仕方を知っていたな。それに手際がいい」

「マヤ様やルイーザ様に教えていただいたんです。軍人は怪我がつきものだから覚えておいた方がいいと言われて」

もちろん、軍の中に救護隊もいるし使用人や家令に任せる妻もいるだろう。

けれども中には怪我を軽視する者もいるらしい。

大した怪我ではないと言い、弱っている部分を見せたくないと意固地になる軍人もいるのだとか。

ふたりには特にシヴァの場合、強靭《きょうじん》な肉体を持っていて、かつその強さゆえに怪我を負った経験が少なく将軍として陣頭指揮を執ることを優先して、自分のことはおざなりになりがちだろうとそれぞれに言われていたのだ。

『お父様もそういうタイプなの。頭から血を流しても平気な顔していて、見ているこっちが卒倒しそうだったもの』

そうルイーザが呆れた顔をして話してくれた。

また、マヤは、

『シュルツはね、本当に……本当にっ！　信じられないことなんだけど、自分が怪我していることにも気付いていないときがあるの。あれ？　こんなところ怪我してたんだ……とか暢気《のんき》なこと言いながらパカっと開いた傷口を見せるのよ。痛覚がなくなっているんじゃないかしら』

呆れたようにそう言っていた。マヤは毎日のようにシュルツに怪我がないか目の前で服を脱がせてチェックをしているのだそうだ。

『軍人の妻はそうやって支えていくんです。決して外では弱味《よわみ》を見せない人たちの安らぎの場所になれるように、隣にいて支えになれるようにと』

このマヤの言葉はロージーの指針にもなっていた。

「貴方が私を気遣うように、私もシヴァ様を気遣います。でも、貴方はどんなときでも戦う人だから、自分を最優先してと言っても、できないでしょう？」

不器用な人だ。

そして皆の命を預かる人でもある。

安易に逃げることもないし、きっと最期の最後までひとりになっても国を守るために剣を持って立ち続ける人もである。

「だから、私がとびきり過保護になるんです。どんな些細《ささい》な怪我でも軽く見ないし、ちゃんと手当します。シヴァ様が私に過保護なのと同じですね」

それが妻の役目だと心得ましたと胸を張って言うと、シヴァは声を出して笑い出した。

こんなに豪快に笑う彼は初めてだったので目を丸くする。

「貴女は本当に凄いな」

嬉しそうにそういう彼に、ロージーは思わず抱き着いた。

「凄い人の妻だから。凄くなりたいと願いました」

「そうか」

ちらりとシヴァの顔を覗き込むと、赤い瞳がこちらに熱い眼差しを向けてくる。

ロージーはその瞳に吸い寄せられるように、彼の唇に自分の唇を近づけた。

伏し目がちになる目。

引き寄せるように後頭部に回された大きな手。

鼻がぶつからないように傾けられる顔。

この瞬間、この光景はロージーだけのものだ。

「しょーぐーん！」

「あ！　馬鹿！　お邪魔だろうが！」

ところが、気の抜けたようなミランの声と、それを咎めるシュルツの声が聞こえてきてピタリと動きが止まった。

残念、お預けだと少し恥ずかしがりながら離れていこうとすると、グイっと後頭部に添えられたシヴァの手が引き寄せてくる。

軽くチュと唇を重ねたあとに、名残惜しそうにうなじに手を這わせると、彼はいたずらっ子のような笑みを見せてきた。

「……シヴァ様」

「あいつらが呼んでいる。貴女はこのままシュルツと一緒に屋敷に帰ってくれ」

怪我を負っても、今回のことの後始末が待っている。

外には休まる場所がないその人に、ロージーは言うのだ。

「お屋敷で待っていますね」

いつまでも無事の帰りを願って。

彼の帰る場所はロージーだと伝えるように言って、大きな背中を見送った。

第六章

「……まさか、貴女とここで顔を突き合わせる日が来るとは思わなかったわ」

「私も同感です。ルイーザ様とは気が合わないと思っていましたけれど、どうやら人を見る目はお持ちのようで驚いております」

目の前で対峙するふたりの女性に挟まれながら、ロージーは苦笑いを浮かべる。

言葉と視線で牽制し合っている姿を見て、少々早まってしまったかもしれないと焦ってしまった。


あの結婚式から一ヶ月。

事件はシヴァをはじめとする軍の活躍により無事に解決することができ、ルイーザ暗殺未遂の黒幕も逮捕された。

ルイーザもようやく落ち着いたのでお茶をしないかと誘ってくれたのだが、ちょうど指定された日がマヤもやって来る日だったので別の日にしてもらおうと思っていた。

ところが、それを聞いたマヤが一緒の日に三人でお茶をしましょうと言ってくれたのだ。

ふたりはあまり仲がいいわけではなかったのでは？　と思いつつも三人のお茶会をルイーザにも打

診すると、彼女もそれでいいと言ってくれた。

それならばと当日を迎えたのだが、出会い頭から不穏な空気が漂っている。

「あ、あの……今日は仲良くお茶……ですわよね？」

喧嘩なんてしませんよね？　と聞くと、ふたりは同時にこちらを見てきた。

「当然です。今日はロージー様と楽しくお茶をするために来たのですから。ねぇ、マヤ様？」

「その通りですわ。喧嘩なんて無粋な真似はいたしません」

そう言ってくれて安心したが、それでもふたりの視線がバチバチと絡み合うのはどうしてだろうと首をかしげながらお茶会場になっている庭に案内をした。

「どうですか？　だいぶ落ち着いてきましたか？」

ルイーザに聞くと、彼女は大きな溜息を吐く。

「そうですわね。ようやく新婚気分を味わえるようになったところです。今度新婚旅行にも行きますし」

「それはよかったです！　新婚旅行、今から楽しみですね」

「ええ。命が狙われることがなくなったので、自由に出歩けますわ」

嬉しそうに微笑む彼女だが、あの結婚式後は本当に大変だっただろう。

自分たちと招待客の安全の確保をして、軍からの連絡を待ってと、初夜もままならぬ慌ただしい日だったに違いない。

それから実行犯や黒幕の裁判などもあり、彼女の言うように新婚生活どころではなかったはずだ。

しかも、黒幕はダディリット侯爵の次男だったのだから世間は騒ぎに騒いだ。

――あの日、教会に火を放ち、シヴァに矢を向けた射手こそがダディリット侯爵の次男だった。

彼は昔から素行が悪く、荒くれ者として有名だった。

侯爵は何度も更生させようとしていたが、そんなときに宰相に起用するという話が舞い込み、こんな大事なときに不祥事を起こされては敵わないと彼を他国に行かせたらしい。

それが十五年も前の話だった。

決して帰国することを許さず、自分が宰相であり続けている間は戻って来るなとダディリット侯爵は命じ、次男もそれに従っていた。

ところが皇帝がダディリット侯爵を宰相の地位から降ろしたことで状況が変わる。

それを聞きつけた次男は意気揚々と帰ってきた。ところが父は毎日のように宰相の地位を引きずり下ろされたことへの恨みつらみを語るばかり。

しかも、新宰相の息子と前将軍の娘が婚約すると言う。

自分ばかりが蔑《ないがし》ろにされたと激しい怒りを抱いていた。

次男の帰国を喜ぶばかりか、馬鹿にしに帰ってきたのかと怒鳴られた。

長年、知らない土地で父親のために頑張ってきた息子に対する仕打ちとしては酷いものだと憤った次男だったが、彼の怒りの矛先は父親ではなく、こうなってしまった元凶たちに向けられることになる。

それがルイーザとコーニーリアスだったのだ。

ルイーザを狙ったのは前将軍の娘であること、か弱い女性であることからだろう。

毒殺をし、誰が殺したかをうやむやにしたまま婚約を破談させた。

一度目の人生のとき、たまたまそれが上手い具合に転がったために、次男の狙い通りダディリット侯爵は宰相に返り咲いたようだが、今回はロージーが食い止めたことで未遂に終わる。

ところが、次男の凶行を知ったダディリット侯爵は酷く慄《おのの》き、なんてことをしてくれたのだと愕然としたようだ。

そこからガタガタと体調を崩していき、今はベッドの上の住人になっている。

だが、次男は諦めなかった。

きっとルイーザやコーニーリアス、そして彼らの親たちを亡き者にすれば栄華を誇っていたダディリット侯爵家は再興すると信じ、結婚式のときに犯行に及んだ。

それはある意味、彼なりの正義と親孝行だったのだろう。

昔悪さをしていた仲間を集め、金で人を雇い教会を襲撃し、自分は得意な弓で教会から逃げ出てくる人たちを射殺す算段だったらしい。

ところが、シヴァがその戦神がごとき強さですべてを台無しにしてしまう。

誰ひとり殺すことができずに負けていく様子を見て、一矢報いるためにロージーに矢を放った。

これはシヴァへの当てつけだったらしい。

結局それも失敗に終わり、彼は今、牢屋《ろうや》にいる。

シヴァに貫かれた右腕は使い物にならなくなり、遠からぬ日に処刑される予定だ。

ダディリット侯爵も爵位と領地を奪われ、王都を追い出されている。

「それにしても酷い逆恨みですわよね。自分が宰相を下ろされたからといつまでも恨みを持って、それに息子が勝手に手を貸すなんて、とんでもなく捻《ね》じ曲《ま》がった親子愛ですわ」

とんでもない人に長年国を任せていたものだと、マヤが呆れた声で言う。

「もともと賢い人であったのよ。狡《ずる》いくらいにね」

父親の関係で付き合いがあったのだろう。ルイーザが苦々しい顔をする。

国のために平気で軍を危険な地に向かわせて、何かあれば利用してことあるごとに便利に使い、戦争では給金を倍にすると約束して戦わせていた。

「でも軍の人気が上がって、自分の地位が脅かされたと感じると、あっさりと切り捨てようとした」

結局約束の給金を出すための資金を出し渋り、あろうことか戦争が終わったので軍を縮小しようとまで言ってきたのだ。

貴族たちの賛同を得て実際に軍の勢力を削ごうとしていたが、それを阻止すべく前将軍が自分が辞めるからそれだけは勘弁してほしいと直談判《じかだんぱん》した。

戦争で怪我をして復帰不能な軍人もいる。

国のために命を賭した者たちにどうか敬意を払ってくれないかと。

だが、ダディリット侯爵はそれを笑って突っぱねたことで、軍の中から批判の声が止まらなくなった。

その諍《いさか》いを見て腰を上げた皇帝は、前宰相、前将軍の首を挿げ替えることを発表する。

前将軍は引退を考えていたのでちょうどいいとそれを引き受けたが、ダディリット侯爵は違う。

納得がいかないと声を荒げた。

ところが、皇帝が頑として譲らず今に至る。

「もともと軍に対していい感情をもっていなかったみたいだから、なおのこと許せなかったのでしょうね。まぁ、軍をなくそうと動いた結果、自滅したなんて皮肉な話だけれど」

もともと因縁が深く、皇帝が収めたものが燻っていただけの状態なのかもしれない。

それが次男の帰国により爆発し、今回の事件へと繋がったのだ。

「でも、今回の事件を受けて、貴族側と軍の関係を改めて再構築する動きが出てきているわ。それにコーニーリアス様と貴女の夫のシュルツが抜擢《ばってき》されたようね」

「ええ、うちの夫ならいい架け橋になれると思います」

なるほど。

だから今日、互いに会うと言ったのだと合点がいった。

夫同士がその役割を担うのであれば、妻たちもまた仲良くして損はないと思ったのだろう。

そしてその仲介役にロージーを選び、今日という日に挑んだ。

（ふたりとも素直じゃないですこと）

仲良くしましょうと言えばそれで済む話なのにと、微笑ましくなった。

「それでは、ルイーザ様、マヤ様」

仕方がない。

ここは自分がふたりの架け橋になろうとそれぞれの手を取る。

「これからも仲良くしていきましょうね」

妻たちの結束もまた強いものになっていった。

◇◇◇

「見てください、シヴァ様！　雪です！　雪！　……あぁ、寒くなってきたと思ったら、雪が降ってくる予兆だったのね」

ロージーは粉雪が降る曇天を見上げ目を細めた。

頬に冷たいものが落ちてくる感覚がくすぐったく、また懐かしいとも思う。

（……あの日も雪だったわ）

もう随分と前のことなのに、昨日のことのように思い出せる。

シュルツが馬を飛ばしてシヴァの訃報と手紙を持ってやってきた日。

初雪が降って、朝から冷え込んだ、そんな初冬の日だった。

そして時が戻って今日、同じ日を迎える。

「降り積もるまでにはいかないだろうが、夜まで冷え込むな」

「シヴァ様」

けれども、あの日とは違い隣にはシヴァがいてくれる。

バルコニーで一緒に雪を見てくれる彼が生きてここにいる。

今回、社交シーズンも終わり、シヴァも休暇が取れたので領地で過ごそうという話になり、さっそくバティリオーレ領に戻ってきていた。

そんな中で迎えることができた日。

身体が縮まるほどの寒さと、ロージーの心を揺さぶる粉雪に腕を手で擦る。

「ほら、これをかけろ」

そう言って後ろから毛布を掛けて抱きしめてくれたシヴァの温かさに、思わず口元が緩んだ。

前回、バティリオーレ領を出たときは屋敷の修繕指示を出して、あとは任せてしまったのだが、そこもしっかりと直っていた。

使用人たちに留守中の様子を聞くと、修繕をしたことで労働環境も良くなり、特に不満もなく働けているようだ。

加えて管理人からはたくさんの帳簿を渡され、それにすべて目を通してくださいと言われる。

シヴァも、領主の代理をしている人と一緒に領地を回ったりしていて、休暇のために帰ってきたもののの、ゆっくりとできた日はほとんどない。

互いにするべきことがたくさんあって、それをこなすことでいっぱいになっていたが、ようやく落ち着きつつある。

今日はふたりとも予定がないので、久しぶりに一緒に過ごすつもりで朝からゆっくりとした時間を過ごしていた。

なんてことない日常。

これが今は特に愛おしい。

「部屋に戻らないのか？」

シヴァがロージーの頬にキスをしながら聞いてくる。

「戻って何をするつもりですか？」

わざと聞くと、彼は耳元に唇を寄せて囁くように言ってきた。

「貴女を一日中抱いていたい。……ダメだろうか？」

「一日中ですか？」

ふたりでゆっくりと過ごすと決めたときから期待は持っていたが、まさか一日中のお誘いだとは。

「私、シヴァ様みたいに体力ありませんよ？」

「疲れたらベッドで一緒に休めばいい。ベッドで食事を摂《と》って、風呂に入るときも一緒だ」

なぁ、いいだろう？　と強請る姿が可愛らしくて嫌とは言えない。

それにロージーもまた、今日はそんな日を過ごしたいと思っていた。

振り返り、シヴァの頬にチュとキスをする。

「なら、さっそくベッドに連れて行ってください」

ロージーがおねだりをすると、彼は待っていましたとばかりに身体を抱き上げて部屋の中に入っていった。

「……ン……んぅ……あ……んぁ……」

ベッドに押し倒されると、性急に唇を奪われる。

焦らすなんてことはしない。

最初から口の中に舌を捩《ね》じ込んで、ロージーの官能を引きずり出すように口内を縦横無尽に犯していった。

ロージーもまた、彼を迎え入れ、首の後ろに腕を回す。

もっともっと、口の中を暴いてほしくて、シヴァがくれる愛がほしくてロージー自身も舌を絡ませ始めた。

一旦唇が離れていき、寂しい思いをしているとシヴァがくすりと微笑む。

「舌を出して……可愛いな。まるで子猫みたいだ」

絡ませていた舌が少し出た状態だったようだ。

「トーアのようですか?」

「あぁ。どっちも可愛い」

とろんと蕩けた目を向けられて、再び唇を奪われた。

キスをしている最中にドレスが剥《は》ぎ取られていく。

胸がまろび出て、彼が大きな手で鷲掴みをすると、ゆっくりと動かし始めた。

「……あぁ……あっ……はぁ……ンぁ……」

揉みしだきながら乳首をピンピンと指で弾かれて、休みなく刺激が与えられる。

すると、ピンとそこが硬くなり、淫らに存在を主張してきた。赤く熟れて、少しの刺激でもビクビクと身体がうねるほどになる。

「ここも可愛らしいな」

健気に勃ち上がって触ってと誘うそこにチュッとキスを落とすと、今度は乳暈ごと口の中に入れてきた。

舌で転がし、じゅるじゅると吸っては唇で食《は》む。

もう片方の胸は指で愛でてきて、ロージーはいつもシヴァの愛撫に甘く喘がされていた。

「……あっ……最初からそんなにしたら……私……わたし……っ」

声が徐々に切羽詰まったものになる。

最近は胸を弄られるだけで軽く達してしまうときがあるのだ。

長くシヴァと抱き合っていたいのに、こんなに頻繁に達してしまうと意識をなくしてしまう。それなのに、シヴァはよくロージーをイかせたがっていた。

「……ンぁ……あっ……あぁっ」

彼に導かれるままに軽く達すると、労《ねぎら》うような優しいキスをされる。

舌で愛《め》で、唇で身体の高揚を慰めるキスはいつだって心地いい。

また欲しがってしまうのだから際限がない。

シヴァに溺れるだけ溺れて、彼の腕の中にいるときはそこから離れられなくなる。

彼はロージーの脚を持ち上げて、秘所に顔を埋めてきた。

「……ぅ……うぅン……あっあっ……あぁっ！」

正直そこを舐められるのが苦手だった。

柔らかい舌が、どこをどう動くか予測がつかないからだ。

秘裂を舐めるのか、蜜口に舌を挿し込んで柔らかくするのか、それとも舌先で肉芽を弄るのか、はたまた唇で吸うのか。

いくつもある選択肢を、シヴァは混ぜ込んで攻めてくる。

同時に指を使ってくることも多い。

そのたびに頭が真っ白になって、前後不覚になる。

軽い絶頂が何度も続いたかと思うと、今度は強く刺激されて深い絶頂が襲ってきたりして、まさに翻弄されるというのはこのことだ。

気持ちよくて、何もかも分からなくなって、ただひたすらシヴァを求めて喘ぐ。

そんな痴態を晒してしまうのが恥ずかしくて、秘所に顔を埋められると緊張してしまった。

だが、一方で期待もしているのだろう。

媚肉がヒクヒクと震えて、蜜が内腿《うちもも》を穢してしまうほど溢れ出てきていた。

その蜜を舌で掬《すく》い、蜜口に挿し込んでくる。

何度解してもすぐに戻ってしまう頑《かたく》なな入り口を柔らかくするようにぐるりと舌先が動き、肉壁をザラザラとした部分で擦ってきた。

同時に指を挿し込んで、蜜と唾液の滑りを利用して奥へと潜っていく。

もうロージーの弱いところなどお見通しだ。

シヴァは焦らすことなくそこを指の腹でグリグリと虐《いじ》めてきて、舌先は肉芽を転がしてくる。

「……あぁっ！　あっ！　……あぁっ……ンぁ……同時、は……っ！　あぁっ！」

また軽く達してしまい、腰が震えて止まらない。

そんなに何度もイかされてしまったら、もたないと言っているのに。

こうなってしまうと、シヴァは容赦がなくなる。

ひたすらロージーを気持ちよくさせようとするのだ。

トロトロに身体も心も蕩けさせて、気持ちいいことしか考えさせないようにして、シヴァに溺れるロージーに自分の愛を叩き込む。

まだ足りない、もっともっと受け取ってほしい。

この愛はどこまでいっても際限ないのだからと訴えるように、限界ぎりぎりまでロージーの身体を弄り倒していく。

今回もそのつもりなのだろう。

また肉芽をじゅるじゅると音を立てながら吸い、今度はそこだけでイかせようとしていた。

「やぁっ！　あっ！　あぁっ！」

強い刺激に身体を捩《よじ》らせ、それから逃れようとする。

ところが、シヴァはロージーの手と自分の手を、指を絡ませながら繋いできて動けないようにしてしまうのだ。

上手く逃すことができずに強烈な快楽を頭の先にまで届けられたロージーは、いやいやと首を横に振るが、再び達してしまった。

頭の中が真っ白になって一瞬意識が飛ぶ。

脚が痙攣して止まらなくて、全身が怠《だる》くて堪らない。

けれども寂しい。

中にシヴァがいないのが寂しくて仕方がない。

ずっとひとりだけイかされている状況に寂しさを覚えて、シヴァをちらりと見て彼を欲しがった。

「……シヴァ様」

彼に向って両手を伸ばす。

それだけでもうどうしてほしいか分かってしまうシヴァは、ロージーを抱き締めてくれた。

（心地いい……）

シヴァの腕に包まれている安堵感、胸の中にじんわりと広がっていく心地よさに酔いしれる。

そして奔流のように湧き上がってくる感情。

ロージーは唇を彼の耳元に寄せて、そっと囁いた。

「……もう、挿入れてください……シヴァ様……お願いです……」

この身体は準備ができている。

貴方を奥の奥まで受け止める準備はできていますと合図を出すと、彼はよりいっそう強く抱きしめてきた。

「意地が悪いと思うだろうが……貴女に俺を欲してほしかったんだ。だ、だから、今……酷くにやけた顔をしていると思う……」

「だからいつも焦らしていたのですか？」

「もちろんそればかりではない。じっくりと丹念に貴女の身体を準備して、万が一のことがないようにするためだ。……だが焦らしていたことは否めない」

労《いたわ》りの中に愛欲が滲み出て、ロージーにもっと求められたいという気持ちが行為中に溢れてしまうというのだ。

こんなことといけない。

ロージーが困ってしまうではないかと己を叱咤しながらも、ロージーの痴態を目の当たりにすると理性が飛んでいってしまう。

いつもは恥ずかしがるロージーが、シヴァの前では大胆になる。

そのことにどうしようもないほどの高揚を覚えるのだと、シヴァは話してくれた。

「シヴァ様……お顔を見せてください」

きっと真っ赤にして可愛らしい顔をしているのだろう。

耳まで染まって、いつもは吊り上がっている眉は下がり、鋭い目は和らぎ赤い瞳は揺れている。

そんな顔をしているに違いない。

ロージーが大好きな顔をしているのだと思い、見せてほしいと強請った。

「……ダメだ」

ところが恥ずかしいのか、シヴァは断る。

「見たいです。見せてください」

「……ダメ」

「シヴァ様、見せてください。ね？　シヴァ様」

「だから……」

シヴァが低い声でそう呟くと、硬くて熱いものがロージーの秘所に押し当てられた。

「あ……」

「ダメだと言っただろうっ」

「あぅっ！」

これって……と思っていると、それが一気に奥までロージーを貫いてきた。

衝撃で一気に快楽が突き抜け、頭の中が真っ白になる。

上体を起こし、ロージーの腰をガツガツと打ち付けるシヴァの顔はやはり真っ赤に染まっていた。

けれどもその顔が可愛らしいと微笑ましい感じには思えない。

眉根を寄せ、情欲を孕んだ目でこちらを見つめるその顔に、ドキドキしてしまう。色香を纏《まと》った彼の姿は、まるで獣のよう。

しっとりと汗ばんだ肌も、伝わってくる熱も、そしてロージーを貪るように動く屹立も、すべてがロージーの欲を煽った。

「……あっあっ……ひぁ……あぁン……ン……んっ……あぁ」

「……ロージー……ロージー……」

「……やだぁ……また……はぁっあぁンっ……イっちゃ……うぅ……っ」

気持ちいいのが止まらない。

ロージーのすべてがシヴァに奪われていく感覚は、何度味わっても恍惚とするものだった。

ヒクヒクと震える媚肉が屹立を締め上げ、シヴァが息を呑む。

それでも足りない、ロージーの奥に自分の精を放ちたいと欲に駆られて、彼はさらに律動を速めてきた。

絶頂の余韻も消えないままに穿《うが》たれて、ロージーはあられもない声を上げて、ただ彼の愛を感じ揺さぶられるしかなかった。

委ねて、明け渡して、奪われて、ひとつになって。

あぁ、こんな嬉しさに胸が締め付けられるようなことを知らずに、自分たちは一度目の今日、永遠の別れを告げたのだ。

シヴァに抱かれるたびに、彼の可愛らしい顔を見るたびに、互いの愛を感じるたびに泣きそうになる。

今日という日は特に、後悔がロージーの心を引き裂いたから。

けれども、時が戻ってやり直した今日、その後悔を塗り替えている。

「……シヴァ様……あぁ……シヴァ様ぁ……っ」

彼の屹立がロージーの中でビクンと震えて、白濁の液を吐き出した。

何度も震えるそれは、まだ出るのかと驚くほどに長く続く。

ようやく吐き出し終わったシヴァは、ロージーの額にキスをする。

それにうっとりとしていると、不意に視界がくるりと回った。

ロージーがシヴァの上に乗り、彼を見下ろす体勢になる。

「し、シヴァ様?」

「悪いが、まだまだロージーが足りないんだ。……ほら、自分で動いてみてくれないか」

こうやって、と彼は腰を掴んで軽く上下に動かしてきた。

すると、子宮が押し上げられるような感覚とともに、脳天に響く強い悦楽がせり上がってくる。

「……そんな、こと……あンっ」

まるで、自分で気持ちよさを追い求めろと言われているかのよう。

それでもシヴァの願いを叶えてあげたくて、ロージーは懸命に腰を動かした。

だが、散々イかされてしまったためか、脚に力を込められなくて上手くできない。

困っていると、シヴァが両手を繋いで支えてくれた。

おかげで拙くではあるが、上下に動かすことができた。

「……ふぅ……うぅン……ンぁ……あっあっ……」

ロージーが動くたびに、ぐちゅ……ぐちゅ……と音が聞こえてくる。

蜜と精液が混じり合ったそれが卑猥な音を奏でていて、自分がどれほど大胆に動いているのかを教えてくれていた。

それが徐々に大きくなるようにと、ロージーは懸命に動き続ける。

「……上手だ」

艶やかな声でロージーを褒めてくる。

嬉しくなって、シヴァに微笑んだ。

「気持ちいい、ですか？」

「あぁ、とても……っ……気持ちいい……」

彼の吐息も荒くなってきた。

感じてくれていると分かって、ロージーはもっと感じてほしいと頑張る。

「……シヴァ様」

彼の目を見つめて、名前を呼ぶ。

すると、シヴァが後頭部に手を回し、ロージーを自分の方に引き寄せてきた。

「……ン……ぅん……あぅ……ん、ふぅ……ぁ……」

唇を塞がれ、ねっとりと舌を絡めとられる。

ふたりで高みに昇り、キスの激しさに比例して絶頂に向かっていく。

「……ふぁ……あっ……あぁっ！」

快楽が弾け背をのけぞらせたとき、ロージーの子宮に子種が注がれた。

ゾクゾクゾク、と痺れるような疼きが腰から背中にむけて駆け抜けていき、全身に広がっていく。

彼は精を吐き出している間、ロージーの身体を抱き締めて腰を打ち付けながら胎の中を満たしていっていた。

惹かれ合うようにキスをする。

再びシヴァがロージーをベッドに押し倒すまで、そう時間はかからなかった。

その日は、一歩も部屋の外に出ることなくふたりで過ごした。

食事もお風呂に入るときも一緒で、ひとときも離れないそんな一日。

ようやく夜中になったときに、服を着てベッドに横たわった。

ずっと寂しい思いをさせていたであろうトーアを寝室に招き、シヴァのお腹の上で眠らせる。ゴロゴロと喉を鳴らしながら眠るトーアを見つめ、目を細めた。

「もう結婚して一年経ったのですね。トーアもこんなに大きくなって……」

拾ったときはまだ子猫だった。

ミルクしか飲まない、手のひらサイズの小さな子ども。

今はもう、成猫と言ってもいいくらいの大きさになった。

相変わらずシヴァの腹の上がお気に入りで、毎日のようにそこで眠っている。彼もまたそれが嬉しいようで、眠る前は必ずトーアの背中を愛おしそうに撫でていた。

「あっという間だったな。……きっとこういうあっという間がこれからも起きていくんだろう。そう思ったら、人生はあまりにも短い」

少し感傷的過ぎただろうか、と聞いてくる彼に、ロージーは首を横に振った。

「シヴァ様と一緒にいる時間は楽しいから、だからあっという間なのですね。楽しすぎて、気が付けばおじいちゃん、おばあちゃんになっていそうです」

「じゃあ、そうなってしまう前に、いろいろとふたりでしないとな」

「何がしたいですか？」

「まずは引っ越しだな。王都のあの屋敷では狭いだろう。問題ないと思っていたが、貴女が客人を招くときに不便そうだ」

「え？　でも、私あのお屋敷気に入っていますよ？」

小さいのが何となくいいと思っていた。

もちろん、シヴァが言うように客を招くときは人数を制限するか、庭に会場を設けるしかないのだが、これまでそれでやっていたのだから問題ないのだが……と窺う目を向ける。

すると、シヴァはこちらを見て頬をほんのりと染めた。

「こ、これから、家族が増えるかもしれないだろう？」

「……家族……あっ！　家族！　たしかにそうですね！」

最初に聞いたとき、シヴァの家族でも呼ぶのだろうかと首を傾げた。彼には家族はいないはずなのにと。

だが、それが「未来の家族」を示唆しているのだと気付き、ロージーはぱぁ！　と顔を明るくした。

「こいつにも家族ができるかもしれないしな」

トーアをちらりと見て、シヴァが微笑んだ。

「なら、たしかにもう少し広い方がいいかもしれませんね。手狭になってしまいますもの」

「だろう？」

もしかすると、今日シヴァがロージーの胎の中に注いだ子種が実を結ぶかもしれない。

いや、もっと先の話かも。

どうなるか分からないが、シヴァがやりたいことの第一候補に引っ越しを入れてきたことに納得できる理由だった。

「ロージーは？」

「そうですね……最初はデートをたくさんしたいですと言おうと思ったのですが、シヴァ様のお話を聞いて、私もお引越しがいい気がしました」

「なら決まりだな」


バティリオーレ領から帰ったシヴァはすぐに新たな邸宅を見つけてきた。

元の屋敷より倍広いそこを見たとき、驚き言葉を失ってしまった。

「……こ、ここって、たしか……王族の方々が使われている別荘ですよね？」

「あぁ。先代ヴォージル公爵が陛下より下賜され、別宅として使っていたんだが、俺が屋敷を探していると話したらヴォージル公爵が譲ろうと言ってくれてな」

いろいろと世話になったお礼だとか、これからも友情を続けていこうというヴォージル公爵の気持ちだとか言われ譲り受けたものらしい。

「……な、なるほど。……シヴァ様が順調に貴族の方々と交流を深めていっているようで何よりです」

それにしても桁違いの贈り物に、唖然《あぜん》とするしかない。

「これならいくらでも家族が増えても問題ないだろう？　それに貴女も客人をたくさん呼べる」

しれっとシヴァは言っているが、これがどういうことか分かっているのだろうか。

いくらヴォージル公爵が譲ると言っても、もとは皇帝から下賜されたものだ。

好き勝手にどうぞとは渡せないだろう。

ということは、この譲渡に皇帝も賛同したということになる。

もともと、顔や雰囲気から恐れられてきたシヴァだが、最近では表情が和らいできたせいか社交界でも声をかけられることが多くなった。

貴族側の人間とも交流が増え始め、現在コーニーリアスとシュルツが中心に行っている文武の共生に一役買っているようだった。

今回の屋敷の譲渡が公になれば、さらにそれが前に進むだろう。

皇帝も望んでいることだと皆に知らしめることになるのだから。

「……シヴァ様は、無自覚な人たらしですよね」

よくよく考えてみれば、エドガーのようなシヴァ狂信者が軍に多いのは彼の求心力ゆえだろう。

そこにさらに社交性が出てくれば、おのずとたくさんの人が惹きつけられる。

「それは貴女だろう」

何を言っているんだ？　と首を傾げる姿を見て、苦笑いをしてしまった。

終章

「本当にいいのか？　こんなデートで」

「もちろんです！」

こんなに楽しいのだから問題ないと言うと、シヴァはそれならばと納得してくれた。

きっと彼はデートをしようと誘ってくれたときに、観劇やレストラン、庭園や馬での遠出などを思い浮かべたのだろう。

けれども、ロージーが提案したのは城下町での買い物だった。

ふらりとふたりで街中を歩いて、気に入ったものを買うということをやってみたかったのだ。

腕を組んで歩き、どんなお店があるのかを見て回るだけでも楽しい。

シヴァにはこのアクセサリーが似合いそうだとか、この果物は見たことがないだとか、最近はこんなものが流行《はや》りだとか、そんな他愛のないことを話す時間が愛おしかった。

次はどんなお店を見ようかとロージーが辺りを見渡すと、アクセサリーや生活用品などが売っている露店が目に入った。

そちらに足を向けると、見たことがない模様を施した物ばかりだ。

店主に聞くと、ここにあるのは他国から輸入したものがほとんどらしい。

だから見慣れないものばかりなのだと説明を聞きながら頷いていると、不意にたったひとつだけ見覚えがあるものが目に入った。

「……これ」

手に取って見てもいいかと店主に聞くと構わないと返事がきたので、ロージーは恐る恐るそれを手に取った。

そして、すみずみまで見て、間違いないと確信する。

「それが気に入ったのか？」

シヴァが声をかけてきてくれたが、ロージーがどう説明したものかと惑う視線を彼に向けた。

するとその様子に何かを察してくれたのか、彼もそれに目を落とす。

「髪飾り、だよな」

「はい。……その……私が以前、シヴァ様にいただいた髪飾りと同じなのです。……遺書と一緒に入っていた髪飾りと」

何故ロージーが戸惑っていたのかシヴァにも分かったようで、「これが……」と小さく呟いた。

「お客さん、それね、石が填め込まれてあるだろう？」

「……はい」

まさに聞こうとしていたことを店主が話してくれて、ロージーは戸惑いながら頷いた。

「それはハウの石と言ってね。ある伝承があるんだよ」

病弱な妻と、それを支える夫の話だと店主は続ける。

夫はどうにか妻の病気を治したいと思い、結婚する前からいろんな方法を模索してきたと言う。

西にあらゆる病を治す医者がいると聞けば妻を連れて行き、東に浴びれば健康な身体になれると言われている泉があると聞けば行った。

そのうち、国内だけではなく国外にも出かけるようになり、いつしか妻を家に置いて夫だけで動くようになる。

夫が妻を治そうと奔走する間、妻はひたすら夫の帰りを待つ日々。

ある日、願いが叶うと言われるハウの石を手に入れた夫は、これで妻の治癒を願おうと家に急いで帰った。

ところが、妻はすでに亡くなっており、夫は愕然とし打ちひしがれたという。

『こんな石があったところで！』

夫はハウの石を床に投げつけた。

それが跳ね、妻の身体に当たる。

すると男は数日前に時が戻っていた。

異国の地から急いで帰った夫は、ぎりぎりのところで妻の生きている姿を目にすることができた。

『こうやって貴方と一緒にいられて嬉しい』

その言葉を最後に妻は夫の腕の中で息を引き取り、二度と目が覚めることがなかった。

「一般的には願いが叶う石と言われているが、後悔を巻き取る石じゃないかと俺は思っているね」

まぁ、願いが叶うということ自体眉唾だがな、と年老いた店主は大きな声で笑う。

だが、その見解は当たっていた。

このハウの石は、たしかにロージーの後悔を巻き取ってくれたのだ。

やり直したいと強く願った時まで戻してくれたのだから。

「もし、あんたの中に後悔があるのなら買っていったらどうだい？　もしかすると願いが叶うかもしれないよ？」

店主は勧めてきたが、ロージーは首を横に振った。

「いいえ。もう私の中に後悔はありませんから」

そう言って、髪飾りをもとの位置に戻す。

「代わりに安全を願うお守りはありますか？　夫に贈りたいのですが」

「あぁ、それならこれだよ」

店主が見せてくれた首飾りを買い、そのお店をあとにした。

「……あの髪飾り、本当に買わなくてもよかったのか？」

少し歩いたあと、シヴァはこちらの顔を窺いながら聞いてきた。

一瞬迷ったことは否定しない。

ロージーはあの髪飾りに助けられて、今こうやって幸せに暮らすことができている。

「先ほども言ったように、私にはもう後悔はありませんから。やり直したいと思うような生き方をしないと決めてここまできた。私なりにそうできていると思います」

「そうか。そうだな」

シヴァはくすりと微笑んで、ロージーのつむじにキスを落とした。

「でも、これはつけてくださいね。私の幸せはシヴァ様あってのことですから、長生きしてもらわないと」

買った首飾りを差し出し、受け取ってほしいとお願いをする。

「貴女がつけてくれないか」

そう言ってシヴァは目の前に跪くので、ロージーは彼の首にそれを巻き付けてうなじで金具を留めてあげた。

首飾りは偶然か、ロージーの瞳と同じ桃色の石がついている。

それを首から提げたシヴァを見て、まるで自分のものだと主張しているように思えた。

照れて彼の姿を真正面から見ることができないロージーを、シヴァが突然抱き上げる。

「し、シヴァ様?」

「ありがとう。大事にする」

道の端に避けているとはいえ、往来の多い場所でこんなことをされて恥ずかしい。けれども、首飾りのことを喜んでくれているのが分かって、ロージーも嬉しかった。

「この首飾りに誓って、どんな困難に遭っても貴女のところに帰るよ」

「はい。私もシヴァ様を信じて待っておりますね」

彼の唇に軽くキスをすると、シヴァもキスをし返してくれる。

自分たちの未来が豊かなものになると確信し、ふたりは微笑み合った。

あとがき

こんにちは！　ちろりんです！

このたびは、「初夜まで戻って抱かれたい　時戻り妻は冷徹将軍の最愛でした」をお読みくださりありがとうございます。

ロージーとシヴァの不器用な恋模様はいかがでしたでしょうか。

今回はロージーの成長と、シヴァのギャップを意識して描いた物語です。

ギャップ、いいですよね。強面の方が可愛いものを愛でたいけれど人前では我慢して、誰もいないところでこっそりとメロメロになっている姿を木陰から観察していたい勢です。

基本、推しは壁になって眺めたい派なのですが、シヴァとロージーとトーアのことは天井と壁に目と耳をつけて眺めたいと思いました。

実家で飼っていた猫を思い出しながらトーアを書いたのですが、腹の上に乗って踏み踏みは実家猫によくされていました。

足をグッと腹に押し付ける際に、爪を立てられるんですよね。冬はいいんですけど夏はよくその爪が服を貫いて肌に刺さってきました。

それでもある程度踏み固めたあとに満足して眠る姿が可愛くて、ジッと耐えていた思い出がありま す。

きっとシヴァもそうなんだろうなとか、でも鋼の肌過ぎて爪を立てられてもまったく痛くなかった んだろうなとか想像して、ニマニマしてしまいます。

そんなふたりを氷堂先生のイラストで見ることができて嬉しかったです。ロージーの小動物感たま らんです！　ありがとうございます！

先日手相占いに行ったのですが、「毎日コンビニ行くタイプですね」と言われて爆笑してしまいま した。

まさにその通りです。毎朝コンビニ行ってコーヒーを買って、ときおりお昼ご飯を買っていきます。

自分でコーヒーを淹れることも多いのですが、やはりコンビニコーヒーの何がいいかと言うと、量 がちょうどいいんですよね。

自分で淹れるとどうしても欲張って二から三杯分を作ってしまうのですが、コンビニだと一杯分し かないのでそれ以上は飲まずにすみます。

万年貧血ですので、できればブラックコーヒーは控えた方がいいのですがどうしても飲みたくなっ てしまって……。

なので自制をかける意味でもコンビニのコーヒーは便利です。いや、自分で淹れる場合も自制しろっ て話なんですが。でも、好きなものを飲むのはとめられねぇです！

ちなみにこれを書きながらコーヒー飲んでます。

あと手相で言われたのは、今のこの執筆業は五十五歳まで続けられそうと言われました。まだまだいけそうですね。目指せ百冊！

ちなみに体力はあるけれど無理はできない身体と言われたので、無理せずにやっていきたいと思います。

さて、２０２５年もどんな年になるんでしょうかね。

私自身、どんなお話を書けるか今から楽しみであります。

それでは、またいつかどこかでお会いできるのを楽しみにしております。

ありったけの感謝を込めて。

ちろりん

ガブリエラブックス好評発売中

gabriella books

破滅しかない転生令嬢が、ナゼか騎士団長の溺愛花嫁になり幸せです♡

ちろりん イラスト：なおやみか／ 四六判

ISBN:978-4-8155-4074-6

「守らせてください。貴女を苛むすべてから」

騎士団長のイヴァンと愛し合い結婚したセレスティアは、彼との初夜の途中で、突然ここが前世で愛読していた小説世界であったことを思い出す。自分は敵国の王子に利用されてイヴァンに殺される不憫令嬢だったのだ。「愛している。貴女とこうしていられるなんて夢みたいだ」どこで運命が変わったの？　そして敵国の王子は？　とイヴァンに愛される幸せを噛みしめながらも戸惑うセレスティアは!?

ガブリエラブックスをお買い上げいただきありがとうございます。
ちろりん先生・氷堂れん先生へのファンレターはこちらへお送りください。

〒110-0016　東京都台東区台東4-27-5（株）メディアソフト
ガブリエラブックス編集部気付　ちろりん先生／氷堂れん先生　宛

gabriella books

MGB-130

初夜まで戻って抱かれたい
時戻り妻は冷徹将軍の最愛でした

2025年2月15日　第1刷発行

著　者　ちろりん
装　画　氷堂《ひどう》れん
発行人　沢城了
発　行　株式会社メディアソフト
〒110-0016
東京都台東区台東4-27-5
TEL：03-5688-7559　FAX：03-5688-3512
https://www.media-soft.biz/
発　売　株式会社三交社
〒110-0015
東京都台東区東上野1-7-15
ヒューリック東上野一丁目ビル３階
TEL：03-5826-4424　FAX：03-5826-4425
https://www.sanko-sha.com/
印　刷　中央精版印刷株式会社
フォーマットデザイン　小石川ふに（deconeco）
装　丁　吉野知栄（CoCo. Design）

ISBN 978-4-8155-4356-3